D1641805

Map of South Tyrol region

ÖSTERREICH
Tirol
Timmelsjoch
Moos im Passeier

ÖTZTALER ALPEN
3599 m Similaun

SCHNALSTAL

NATIONALPARK TEXELGRUPPE

VINSCHGAU

Partschins
Meran
Naturns
Marling
Kastelbell
Latsch
Lana
St. Pankraz

ITALIEN
Südtirol

MARTELLTAL

St. Walburg
ULTENTAL
Gampenpass
St. Nikolaus
Unsere Liebe Frau im Walde
St. Gertraud
Proveis
St. Felix
Laurein

Marco Balzano
Ich bleibe hier

ROMAN

Aus dem Italienischen von
Maja Pflug

Büchergilde Gutenberg

Titel der 2018 bei Giulio Einaudi editore, Turin,
erschienenen Originalausgabe: ›Resto qui‹
Copyright © 2018 Marco Balzano
Originally published as Resto qui in Italy in 2018
by Giulio Einaudi editore
This edition is published in agreement with
Piergiorgio Nicolazzini Literary Agency (PNLA)
Die Übersetzung des Mottos von Eugenio Montale
stammt von Herbert Frenzel, München 1960
Copyright für die Vinschgau-Karte: © Peter Palm, Berlin

Lizenzausgabe für die Mitglieder der
Büchergilde Gutenberg Verlagsges. mbH,
Frankfurt am Main, Zürich, Wien
www.buechergilde.de
Mit freundlicher Genehmigung des Diogenes Verlags, Zürich
Alle deutschen Rechte vorbehalten
Copyright © 2020
Diogenes Verlag AG Zürich
Printed in Germany 2020
Druck und Bindung: GGP Media GmbH, Pößneck
ISBN 978 3 7632 7232 7

Für Riccardo

Una storia non dura che nella cenere.
Eine Geschichte dauert nur in der Asche.
Eugenio Montale
Piccolo testamento
(Kleines Testament)

Inhalt

ERSTER TEIL
Die Jahre
11

ZWEITER TEIL
Auf der Flucht
87

DRITTER TEIL
Das Wasser
197

Anmerkung des Autors
281

Danksagung
285

ERSTER TEIL
Die Jahre

I

Du weißt nichts über mich, und doch weißt du viel, weil du ja meine Tochter bist. Den Geruch der Haut, die Wärme des Atems, die angespannten Nerven hast du von mir. Deshalb wende ich mich an dich wie an jemanden, der mein Innerstes kennt.

Ich könnte dich bis ins Kleinste beschreiben. Hin und wieder, wenn am Morgen hoher Schnee liegt und die Wohnung in eine beklemmende Stille gehüllt ist, kommen mir immer noch weitere Einzelheiten in den Sinn. Vor einigen Wochen fiel mir der kleine Leberfleck auf deiner Schulter ein, auf den du mich jedes Mal hingewiesen hast, wenn ich dich im Zuber badete. Du warst wie besessen davon. Oder diese Locke hinter dem Ohr, die einzige in deinen honigfarbenen Haaren.

Die wenigen Fotos, die ich noch habe, hole ich nur selten hervor, mit der Zeit ist man nah am Wasser gebaut. Und ich hasse es zu weinen. Ich hasse es zu weinen, weil es idiotisch ist und weil es mich nicht tröstet. Hinterher fühle ich mich bloß erschöpft, ich mag dann nichts mehr zu mir nehmen oder vor dem Schlafengehen mein Nachthemd anziehen. Doch man muss auf sich achten, die Fäuste ballen, auch wenn die Haut der Hände fleckig wird. Kämpfen, trotz allem. Das hat mich dein Vater gelehrt.

In all den Jahren habe ich mir immer vorgestellt, dass ich eine gute Mutter gewesen wäre. Selbstbewusst, strahlend, liebenswürdig ... lauter Adjektive, die gar nicht zu mir passen. Im Dorf nennen sie mich immer noch Frau Lehrerin, aber sie grüßen mich nur im Vorübergehen, sie bleiben nicht stehen. Sie wissen, dass ich kein umgänglicher Mensch bin. Manchmal fällt mir das Spiel wieder ein, das ich die Kinder in der ersten Klasse Grundschule machen ließ. »Malt das Tier, das euch am ähnlichsten ist.« Ich würde jetzt eine Schildkröte mit eingezogenem Kopf malen.

Ich bilde mir gern ein, dass ich keine aufdringliche Mutter gewesen wäre. Ich hätte dich nicht, wie meine Mutter es tat, dauernd gefragt, wer dieser oder jener ist und ob du ihn magst oder vorhast, dich mit ihm zu verloben. Aber vielleicht mache ich mir auch da etwas vor, und wenn du hier gewesen wärst, hätte ich dich mit Fragen überhäuft und dich bei jeder ausweichenden Antwort scheel angeschaut. Je mehr Jahre vergehen, umso weniger fühlt man sich den eigenen Eltern überlegen. Und wenn ich jetzt Vergleiche anstelle, komme ich eindeutig schlechter weg. Deine Großmutter war kantig und streng, sie hegte über alles klare Vorstellungen, unterschied mühelos Weiß von Schwarz und fällte wie mit dem Beil und ohne zu zögern ihre Urteile. Ich dagegen verlor mich in allen Schattierungen von Grau. Ihrer Ansicht nach war das Studium daran schuld. Sie hielt alle, die eine Schulbildung hatten, für unnötig schwierige Menschen. Faulpelze, Besserwisser und Haarspalter. Ich dagegen glaubte, das größte Wissen liege im Wort, besonders für eine Frau. Egal ob Fakten, Geschichten, Legenden, Hauptsache war, man legte sich einen Vorrat davon an und hatte sie parat für den Moment, in dem das Leben komplizierter oder leerer wurde. Ich glaubte, sie könnten mich retten, die Wörter.

2

Männer haben mich nie interessiert. Die Vorstellung, Liebe könnte etwas mit ihnen zu tun haben, fand ich lächerlich. Für mich waren sie zu plump oder zu behaart oder zu grob. Manchmal alles zusammen. Hier in der Gegend besaßen die meisten ein Stück Land und etwas Vieh, und das war der Geruch, den sie mit sich herumtrugen. Stall und Schweiß. Hätte ich mir vorstellen müssen, mit jemandem zu schlafen, dann lieber mit einer Frau. Lieber die harten Wangenknochen eines Mädchens als die kratzige Haut eines Mannes. Am liebsten aber wollte ich allein bleiben, ohne irgendwem Rechenschaft schuldig zu sein. Sogar Nonne zu werden hätte mir nicht missfallen. Doch der Gedanke an Gott war schon immer zu schwierig, wenn er mir in den Sinn kam, verirrte ich mich darin.

Erich war der Einzige, den ich anschaute. Ich sah ihn immer im Morgengrauen vorbeigehen, die Mütze in die Stirn gezogen und schon um diese Zeit eine Zigarette im Mundwinkel. Jedes Mal wollte ich mich zum Fenster hinausbeugen und ihn grüßen, doch hätte ich es geöffnet, hätte Mutter die Kälte eindringen gespürt und bestimmt gerufen, ich solle sofort zumachen.

»Trina, bist du verrückt geworden«, hätte sie gekreischt.

Mutter war eine, die ständig kreischte. Doch selbst wenn ich das Fenster geöffnet hätte, was hätte ich ihm denn sagen sollen? Mit siebzehn Jahren war ich so gehemmt, dass ich höchstens herumgestottert hätte. Daher schaute ich ihm nach, wie er sich zum Wald hin entfernte, während Strupp, sein Hund, die Herde vorwärtstrieb. Wenn Erich mit den Kühen unterwegs war, bewegte er sich so langsam, dass es aussah, als käme er nicht vom Fleck. Also senkte ich den Blick auf die Bücher, sicher, ihn an derselben Stelle wiederzusehen, doch wenn ich den Kopf hob, war er nur noch eine winzige Gestalt am Ende der Straße. Unter den Lärchen, die es nicht mehr gibt.

In jenem Frühjahr saß ich immer häufiger mit dem Bleistift im Mund vor den aufgeschlagenen Büchern und dachte an Erich. Als Mutter, die sonst oft in meiner Nähe herumhantierte, einmal nicht da war, fragte ich Vater, ob das Leben der Bauern nicht etwas für Träumer sei. Wenn man den Gemüsegarten geharkt hat, kann man mit den Tieren auf die Weide gehen, sich auf einen Felsen setzen und in der Stille den Fluss betrachten, der seit Jahrhunderten gemächlich dahinfließt, den kalten Himmel, von dem man nicht weiß, wo er endet.

»Das alles können die Bauern doch machen, nicht wahr, Vater?«

Vater schmunzelte, mit der Pfeife im Mund. »Frag mal den Jungen, den du morgens heimlich am Fenster beobachtest, ob seine Arbeit etwas für Träumer ist …«

Zum ersten Mal habe ich vor dem Haus mit ihm gesprochen. Vater arbeitete als Schreiner in Reschen am See, doch auch daheim bei uns ging es zu wie in seiner Werkstatt. Es herrschte ein ständiges Kommen und Gehen von Leuten, die etwas repariert haben wollten. Mutter schimpfte, nie könne man seine Ruhe haben. Er, der keinen noch so kleinen Vorwurf im Raum stehenlassen wollte, antwortete, da gebe es überhaupt nichts zu meckern, denn für einen Unternehmer gehöre es zur Arbeit, jemandem ein Glas anzubieten oder einen Schwatz zu halten, damit gewinne man nämlich die Kunden. Um die Diskussion abzubrechen, zog sie ihn an seiner Knollennase.

»Die ist ja noch länger geworden«, sagte sie zu ihm.

»Und bei dir ist der Arsch dicker geworden!«, erwiderte er.

Mutter wurde dann laut: »Da sieht man mal, was ich geheiratet habe, einen Trottel!« Sie warf einen Lappen nach ihm. Vater grinste und warf den Bleistift nach ihr, sie noch einen Lappen, er noch einen Bleistift. Sich Sachen an den Kopf zu werfen war für sie ein Ausdruck der Zuneigung.

An jenem Nachmittag standen Erich und Vater rauchend beieinander und betrachteten mit zusammengekniffenen Augen die Wolken, die sich über dem Ortler zusammenballten. Vater sagte zu ihm, er solle einen Augenblick warten, er wolle nur rasch ein Gläschen Schnaps holen. Erich war einer, der gewöhnlich statt zu reden bloß das Kinn hob und ein Lächeln andeutete, so selbstsicher, dass ich mich daneben klein fühlte.

»Was machst du nach dem Studium? Wirst du Lehrerin?«, fragte er mich jetzt.

»Ja, vielleicht. Vielleicht gehe ich auch ganz weit weg«, erwiderte ich, nur so, um eine erwachsene Antwort zu geben.

Sein Gesicht wurde finster. Er zog so heftig an seiner Zigarette, dass er sich an der Glut beinahe die Finger verbrannt hätte.

»Ich würde nie aus Graun fortwollen«, sagte er und wies auf das Tal.

Daraufhin sah ich ihn an wie ein kleines Mädchen, dem die Worte fehlen, und Erich strich mir zum Abschied über die Wange.

»Sag deinem Vater, den Schnaps trinke ich ein andermal.«

Ich nickte stumm. Die Ellbogen auf den Tisch gestützt, schaute ich ihm nach, während er davonging. Ab und zu warf ich einen Blick zur Tür, da ich fürchtete, Mutter könnte plötzlich herauskommen. Manchmal fühlt man sich wie eine Diebin, wenn Liebe im Spiel ist.

3

Im Frühjahr 1923 bereitete ich mich auf die Reifeprüfung vor. Mussolini hatte extra mein Examen abgewartet, um die Schule umzukrempeln. Im Jahr davor hatte der Marsch auf Bozen stattgefunden, und die Faschisten hatten die Stadt verwüstet. Sie hatten die öffentlichen Gebäude angezündet, die Leute verprügelt, mit Gewalt den Bürgermeister fortgejagt, und die Carabinieri hatten wie üblich tatenlos zugesehen. Hätten sie und der König nicht die Arme verschränkt, hätte der Faschismus dort nicht Fuß fassen können. Noch heute bin ich entsetzt, wenn ich durch Bozen gehe. Alles wirkt feindselig auf mich. Die zwanzig Jahre Faschismus haben so viele Spuren hinterlassen, und wenn ich sie sehe, fällt mir Erich wieder ein und wie sehr er sich vor Wut verzehren würde.

Bis zum Marsch auf Bozen verlief das Leben in den Grenztälern im Rhythmus der Jahreszeiten. Es schien, als käme die Geschichte nicht bis hier herauf. Sie war wie ein Echo, das verhallte. Die Sprache war Deutsch, die Religion christlich, die Arbeit die auf dem Feld und im Stall. Das war alles. Daraus bestand das Leben dieser Bergler, zu denen auch du gehörst, da du schließlich hier geboren bist.

Mussolini ließ Straßen, Bäche und Berge umtaufen ... Sogar die Toten haben sie gestört, diese Mörder, indem sie die Inschriften auf den Grabsteinen änderten. Sie haben unsere Namen italianisiert, die Schilder an den Geschäften ausgetauscht. Sie haben uns verboten, unsere Tracht zu tragen. Von einem Tag zum anderen standen in der Klasse Lehrer aus Venetien, aus der Lombardei und aus Sizilien vor uns. Sie verstanden uns nicht, wir verstanden sie nicht. Italienisch war hier in Südtirol eine exotische Sprache, man hörte es ab und zu von einem Grammophon oder wenn ein Händler aus dem Brandtal den Vinschgau hinaufwanderte auf dem Weg nach Österreich, um dort Geschäfte zu machen.

Dein ausgefallener Name prägte sich sofort ein, und für die, die ihn nicht kannten, warst du einfach die Tochter von Erich und Trina. Sie behaupteten, wir glichen einander wie ein Ei dem anderen.

»Falls sie sich mal verläuft, bringen sie sie dir nach Haus!«, brummte der Bäcker und schnitt dir zur Begrüßung Fratzen mit seinem zahnlosen Mund. Weißt du noch? Wenn es auf der Straße nach frischen Brötchen duftete, zogst du mich an der Hand zum Laden hin, damit ich dir eins kaufte. Nichts mochtest du lieber als warmes Brot.

Ich kannte jeden einzelnen Einwohner von Graun, aber richtig befreundet war ich nur mit Maja und Barbara. Jetzt wohnen sie nicht mehr hier. Sie sind vor Jahren weggezogen, und ich weiß nicht einmal, ob sie noch leben. Damals waren wir so eng befreundet, dass wir uns für dieselbe Schule entschieden. Zwar konnten wir diese Pädagogische Hochschule nicht besuchen, weil sie zu weit weg war, doch wenn wir einmal im Jahr zu den Prüfungen nach Bozen fuhren, war es jedes Mal ein Abenteuer. Aufgeregt erkundeten wir die Stadt, endlich etwas anderes als Sennereien und Berge, endlich die Welt. Hohe Häuser, Geschäfte, verkehrsreiche Straßen.

Maja und ich fühlten uns wirklich zum Unterrichten berufen und konnten es kaum erwarten, vor einer Klasse zu stehen. Barbara dagegen wäre lieber Schneiderin geworden. Sie hatte sich nur unseretwegen eingeschrieben: »Dann bleiben wir zusammen«, sagte sie. In diesen Jahren war sie wie mein Schatten. Wir verbrachten die Zeit damit, uns gegenseitig heimzubringen. Vor der Tür des Bauernhauses sagte die eine zur anderen: »Komm, es ist noch hell, ich begleite dich.«

Wir machten weite Umwege, am Fluss oder am Waldrand entlang, und ich weiß noch, dass Barbara auf diesen Spaziergängen immer zu mir sagte: »Wenn ich so wäre wie du …«

»Wieso, wie bin ich denn?«

»Na ja, du hast klare Vorstellungen, du weißt, was du willst. Mich dagegen bringt alles durcheinander, und ich suche immer jemanden, der mich an die Hand nimmt.«

»Ich finde nicht, dass es mir so viel Glück bringt zu sein, wie ich bin.«

»Du bist eben ein Nimmersatt.«

»Jedenfalls«, sagte ich mit einem Schulterzucken, »würde ich meinen Charakter sofort dafür hergeben, so hübsch zu sein wie du.«

Dann lächelte sie, und wenn niemand in der Nähe war oder der Himmel dunkler wurde, gab sie mir einen Kuss und sagte mir zärtliche Worte, an die ich mich nicht mehr erinnere.

Mit der Ankunft des Duce war klar, dass wir wahrscheinlich keine Stelle bekommen würden, weil wir keine Italienerinnen waren, also fingen wir alle drei an, die Sprache zu lernen, in der Hoffnung, dann trotzdem eine Anstellung zu finden. Die Nachmittage verbrachten wir in jenem Frühjahr mit den Grammatikbüchern am Seeufer. Wir trafen uns nach dem Mittagessen, mal mit dem in eine Serviette gewickelten Nachtisch-Obst in der Hand, mal noch mit dem letzten Bissen im Mund.

»Hört jetzt auf, deutsch zu reden!«, sagte ich, um sie zur Ordnung zu rufen.

»Ich wollte Lehrerin werden, aber nicht für die Sprache der anderen!«, schimpfte Maja und schlug mit der Hand auf ihr vollgekritzeltes Heft.

»Was soll ich dann sagen, ich wollte eigentlich Kleider entwerfen!«, jammerte Barbara.

»Also bitte, es hat dich doch niemand gezwungen, Lehrerin zu werden«, erwiderte Maja.

»Jetzt hör sich einer diese Schlange an … Was soll das heißen, mich hat niemand gezwungen?«, protestierte Barbara, während sie ihre rebellische rote Mähne zu einem Pferdeschwanz band. Und danach fing sie wieder mit dieser Geschichte an, dass wir drei zusammenziehen müssten, anstatt zu heiraten.

»Glaubt mir, wenn wir heiraten, werden wir zu Dienstmädchen!«, schloss sie überzeugt.

Wenn ich nach Hause kam, ging ich sofort schlafen. Ich brauchte Zeit für mich. Ich schlüpfte ins Bett, lag im feuchten Dunkel des Zimmers und dachte nach. Es beunruhigte mich, dass ich allmählich erwachsen wurde, ob ich wollte oder nicht. Wer weiß, ob du auch solche Ängste gehabt hast oder ob du mehr deinem Vater gleichst, der das Leben als Fluss sah. Wenn ich mich einer Veränderung oder einem Ziel näherte, sei es der Abschlussprüfung oder der Hochzeit, bekam ich regelmäßig Lust, davonzulaufen und alles über den Haufen zu werfen. Warum bedeutet leben unbedingt vorwärtsgehen? Auch bei deiner Geburt dachte ich: »Warum kann ich sie nicht noch ein bisschen hier drin behalten?«

Im Mai trafen Maja, Barbara und ich uns auch unter der Woche, nicht wie in den Jahren davor nur gelegentlich oder zur Sonntagsmesse. Wir übten diese fremde Sprache und hofften, die Faschisten würden unseren Eifer und unser Diplom zu schätzen wissen. Da wir aber selbst nicht recht daran glaubten, saßen wir oft im Kreis und hörten, statt Grammatik zu lernen, Barbaras Schallplatten mit italienischen Liedern.

Un bacio ti darò
Se qui ritornerai
Ma non ti bacerò
Se alla Guerra partirai.

Einen Kuss geb ich dir
Wenn du zurückkehrst zu mir
Doch ich küss dich nicht
Wenn du in den Krieg ziehst.

Eine Woche vor den schriftlichen Prüfungen erlaubte mir Vater, bei Barbara zu übernachten. Es war nicht leicht, aber zuletzt konnte ich ihn überreden.

»Gut, meine Kleine, geh zu deiner Freundin, aber dafür musst du mir dann ein Spitzenzeugnis nach Hause bringen.«

»Was meinst du denn mit Spitzenzeugnis?«, fragte ich, nachdem ich ihm einen Kuss auf die Wange gedrückt hatte.

»Einen Einser-Durchschnitt natürlich!«, erwiderte er und streckte die Hände aus. Und auch Mutter, die neben ihm saß und Strümpfe strickte, nickte mit Nachdruck. Mutter strickte in jeder freien Minute Strümpfe, denn mit kalten Füßen friere man am ganzen Körper, sagte sie.

Die besten Noten bekam dann aber nicht ich. Maja war es, die den Umtrunk bezahlte und den Kuchen buk, wie wir es am Anfang der Ausbildung ausgemacht hatten. Obwohl sie Barbaras Meinung nach eine Eins bekommen hatte, weil ihr Professor ein Schwein war und nur auf ihren Busen geschaut hatte.

»Ich habe eine Drei, weil ich bloß diese zwei Äpfelchen habe«, murrte sie, indem sie ihre Brüste herausstreckte und in den Händen wog.

»Du hast eine Drei, weil du strohdumm bist!«,

erwiderte Maja, und schon fielen sie übereinander her und rollten sich im Gras. Ich sah ihnen lachend zu, die Augen in der Sonne halb geschlossen.

4

Nachdem wir unser Diplom in der Tasche hatten, trafen wir uns weiterhin am Seeufer und unter den Lärchen, doch von Italienischlernen war keine Rede mehr.

»Wenn sie uns in der Schule anstellen, gut, sonst sollen sie zum Teufel gehen!« Damit war das Thema für Maja erledigt.

»Außer uns hat hier keiner ein Diplom, also bleibt ihnen gar nichts anderes übrig«, sagte Barbara.

»Was juckt die Faschisten schon dieses Stück Papier! Die interessiert es doch nur, den Italienern Arbeit zu verschaffen.«

»Zum Schluss haben wir völlig umsonst so viel gebüffelt«, schnaubte Maja. »Dann muss ich mit meinem Vater im Laden stehen, und wir werden uns dauernd zanken.«

»Immer noch besser als daheim sitzen und Strümpfe stopfen«, sagte ich, denn beim bloßen Gedanken, die Tage mit Mutter zu verbringen, blieb mir die Luft weg.

Unterdessen besetzten die Faschisten nicht nur die Schulen, sondern auch die Rathäuser, die Postämter, die Gerichte. Die Tiroler Angestellten wurden fristlos entlassen, und die Italiener brachten in den Büros Schilder mit der Aufschrift *Deutsch sprechen verboten* und *Mussolini hat immer recht* an. Sie setzten die faschistischen Verordnungen durch, Ausgangssperre, samstagnachmittags Appelle in Anwesenheit des Podestà, neue faschistische Feiertage.

Maja sagte: »Ein einziges Minenfeld, auf dem wir uns befinden.« Unsere Gespräche, die sich zuletzt immer um Belanglosigkeiten drehten, hatte sie bald satt. »Ja, seht ihr denn nicht, was zum Teufel hier los ist?«, knurrte sie verärgert. »Graun, Reschen, St. Valentin … seit die Faschisten da sind, gehört uns nichts mehr. Die Männer gehen nicht mehr ins Wirtshaus, die Frauen schleichen dicht an den Hauswänden entlang, am Abend ist keine Menschenseele unterwegs! Wie schafft ihr es bloß, das alles so an euch abprallen zu lassen?«

»Mein Bruder sagt, die Tage des Faschismus sind gezählt«, antwortete Barbara, um sie zu beruhigen.

Doch Maja beruhigte sich keineswegs. Sie schnaubte wie ein Pferd, ließ sich rückwärts ins Gras fallen und sagte, wir sähen einfach nicht über den Tellerrand hinaus.

Sie war anders erzogen worden als wir. Ihr Vater

war ein gebildeter Mann, der seinen Kindern stundenlang erklärte, was in Südtirol und in der Welt vor sich ging. Er erzählte ihnen, wer ein bestimmter Gouverneur oder Minister war, und wenn er auch mich und Barbara zu Hause vorfand, setzte er zu weitschweifigen Reden an, in denen er eine endlose Reihe von Namen und Orten herunterbetete, von denen wir noch nie im Leben gehört hatten. Am Ende ermahnte er uns: »Sagt euren Männern das, wenn ihr heiratet, und denkt auch selber dran: Wenn ihr euch nicht mit der Politik beschäftigt, beschäftigt sich die Politik mit euch!« Dann zog er sich ins Nebenzimmer zurück. Maja liebte ihren Vater abgöttisch, und kaum schwieg er, nickte sie zum Zeichen des Gehorsams zustimmend mit dem Kopf. Barbara und ich schauten zum Fenster hinaus, weil wir uns fühlten wie dumme Gänse.

»Wenn's so weitergeht, wird Maja noch fanatischer als ihr Vater«, sagte Barbara hinterher auf dem Heimweg zu mir.

Manchmal zogen sie und ich alleine los. Wir setzten uns aufs Rad, fuhren am See entlang bis nach St. Valentin und spürten, wie der kühle Hauch des Wassers über unsere verschwitzten Gesichter strich.

»Mir kommt es vor, als würden die Berge mit uns wachsen«, sagte sie, während sie mit gerecktem Kopf in die Pedale trat.

»Meinst du, sie versperren uns die Sicht auf die Welt?«, fragte ich, denn ich wollte abwechselnd an einem Tag fortlaufen und am nächsten mich zu Hause verkriechen.

»Was schert dich die Welt?«, erwiderte sie.

Wenn Vater aus der Werkstatt kam, wiederholte er jedes Mal, es liege immer noch Krieg in der Luft. Majas Eltern meinten, es sei besser, nach Österreich auszuwandern, weg von den Faschisten. Barbaras Familie dagegen wollte zu Verwandten nach Deutschland ziehen.

Unterdessen veränderte sich auch die Bevölkerung von Südtirol. Im Lauf der Monate kamen immer mehr vom Duce geschickte italienische Zuwanderer. Ein paar kamen sogar bis nach Graun. Man erkannte sie sofort, diese Fremden aus dem Süden, die mit dem Koffer in der Hand und der Nase in der Luft nie gesehene Steilhänge und zu niedrig hängende Wolken bestaunten.

Vom ersten Augenblick an hieß es: Wir gegen sie. Die Sprache des einen gegen die des anderen. Die Arroganz der plötzlichen Macht gegen das Pochen auf jahrhundertealte Wurzeln.

Erich kam häufig zu uns, er war seit je mit Vater befreundet. Vater mochte ihn, weil er keine Eltern hatte.

Mutter hingegen gefiel er nicht sonderlich. »Zu eingebildet«, sagte sie. »Er tut, als sei es eine Gnade, wenn er mit dir spricht.« Von den anderen erwartete sie die ganze Redseligkeit, die sie selbst nicht besaß.

Vater ließ ihn auf dem Hocker Platz nehmen, dann drehte er seinen Stuhl um, stützte die Ellbogen auf die Lehne und umfasste seine bärtigen Wangen mit den Händen. Erich hätte sein Sohn sein können. Ein unruhiger Sohn, der bei allem um Rat fragt. Ich beobachtete sie hinter dem Türrahmen. Mit angehaltenem Atem drückte ich mich flach an die Wand. Wenn mein Bruder Peppi auftauchte, zog ich ihn neben mich und hielt ihm den Mund zu. Er versuchte, mir zu entwischen, aber damals konnte ich ihn noch bändigen. Der Peppi war sieben Jahre jünger als ich, und ich wusste wirklich nicht, was ich mit diesem Muttersöhnchen anfangen sollte. Er war für mich bloß ein Rotzbengel mit schmutzigem Gesicht und aufgeschlagenen Knien.

»Es sieht so aus, als wollte die italienische Regierung das Staudammprojekt wieder aufgreifen«, sagte Erich eines Abends. »Einige Bauern, die ihr Vieh Richtung St. Valentin treiben, haben Bautrupps anrücken sehen.«

Vater zog die Schultern hoch. »Das sagen sie seit Jahren, aber dann geschieht nichts«, erwiderte er mit seinem gutmütigen Lächeln.

»Falls sie mit dem Bau anfangen, müssen wir einen Weg finden, um sie zu stoppen«, fuhr Erich fort und wandte den Blick ab. »Die Faschisten haben größtes Interesse daran, unsere Gemeinschaft zu zerschlagen und über ganz Italien zu verstreuen.«

»Keine Angst, selbst angenommen, die Faschisten bleiben an der Macht: Hier kann man keinen Staudamm bauen, weil der Boden zu schlammig ist.«

Doch Erichs graue Augen flackerten weiter unruhig wie die einer Katze.

1911 war der Plan für den Staudamm zum ersten Mal bekanntgemacht worden. Unternehmer der Montecatini-Gruppe wollten Reschen und Graun enteignen und die Strömung des Flusses zur Energiegewinnung nutzen. Italienische Fabrikanten und Politiker behaupteten, das Wasser sei das Gold Südtirols, und schickten immer häufiger Ingenieure, um die Täler zu besichtigen und die Flussläufe zu erkunden. Unsere Dörfer sollten in einem Wassergrab verschwinden, die Bauernhöfe, die Kirche, die Geschäfte, die Felder und Weiden überflutet. Mit dem Staudamm würden wir die Höfe, die Tiere und die Arbeit verlieren. Nichts würde von uns übrig bleiben. Wir würden auswandern müssen, alles würde anders. Eine andere Arbeit, ein anderer Ort, andere Leute. Auch sterben würden wir fern vom Vinschgau und von Tirol.

1911 wurde der Plan nicht verwirklicht, da man den Boden als zu gefährlich betrachtete. Er hatte keine Festigkeit, bestand nur aus Dolomitgeröll. Doch nachdem der Faschismus an die Macht gekommen war, wussten wir alle, dass der Duce bald Industriezentren in Bozen und Meran ansiedeln würde – diese Städte würden ums Doppelte und Dreifache wachsen, scharenweise würden Italiener auf Arbeitssuche hier heraufkommen – und der Energiebedarf würde enorm steigen.

Unten im Wirtshaus, auf dem Kirchplatz, in Vaters Werkstatt redete Erich sich in Rage. »Ihr werdet sehen, die kommen wieder. Da könnt ihr ganz sicher sein.« Doch er konnte sich noch so aufregen, die Bauern fuhren seelenruhig fort, zu trinken, zu rauchen und Karten zu spielen. Sie verzogen das Gesicht, um das Thema abzutun, oder wedelten mit den Händen, wie um Fliegen zu verjagen.

»Was sie nicht sehen, gibt es nicht«, sagte Erich zu Vater. »Gib ihnen ein Glas Wein, und schon sind sie nicht mehr fähig zu denken.«

5

Um bloß nicht uns nehmen zu müssen, stellten sie lieber halbe Analphabeten aus Sizilien und dem ländlichen Venetien ein. Ob die Tiroler Kinder etwas lernten, kümmerte den Duce sowieso herzlich wenig.

Wir drei verbrachten die Tage damit, niedergeschlagen über den belebten Dorfplatz zu schlendern, wo bis zum Abend die Straßenhändler ihre Waren anpriesen und die Frauen sich um die Karren scharten.

Eines Morgens kam uns der Pfarrer entgegen. Er schob uns in eine menschenleere Gasse mit Moosflecken an den Mauern. Wenn wir wirklich unterrichten wollten, sagte er, müssten wir in die Katakomben gehen. In die Katakomben gehen hieß, heimlich Deutsch zu unterrichten. Das war illegal und bedeutete Geldstrafen, Prügel und Rizinusöl. Man konnte sogar auf eine abgelegene Insel verbannt werden. Barbara lehnte sofort ab, Maja und ich sahen uns unschlüssig an.

»Da braucht ihr nicht noch lange darüber nachzudenken!«, drängte uns der Pfarrer.

Als ich es daheim erzählte, fing Mutter an zu schreien, dass ich in Sizilien bei den Negern landen würde. Vater dagegen meinte, es sei eine gute Sache. Eigentlich wollte ich es gar nicht, ich war nie mutig. Aber ich hatte mich dazu entschlossen, um vor Erich zu glänzen. Ich hatte ihn sagen hören, dass er zu den klandestinen Versammlungen ging, sich deutsche Zeitungen besorgte, zu einem Zirkel gehörte, der den Anschluss an Deutschland befürwortete. In den Katakombenschulen zu unterrichten war für mich eine gute Gelegenheit, um ihn zu beeindrucken und gleichzeitig herauszufinden, ob Lehrerin zu werden wirklich das war, was ich im Sinn hatte.

Der Pfarrer wies mir einen Keller in St. Valentin und Maja einen Stall in Reschen zu. Gegen fünf Uhr nachmittags machte ich mich auf, da war es schon dunkel. Oder manchmal sonntags vor der Messe, und auch da war es dunkel. Keuchend trat ich in die Pedale, fuhr über Schotterwege, von deren Existenz ich vorher nichts wusste. Wenn sich ein Blatt bewegte oder eine Grille zirpte, erschrak ich fürchterlich. Vor dem Dorf versteckte ich das Fahrrad hinter einem Gebüsch und ging mit gesenktem

Kopf weiter, um keinem Carabiniere aufzufallen. Inzwischen kamen sie mir mehr wie Motten vor, diese verfluchten Carabinieri. Ich sah sie überall.

Im Keller von Frau Martha stapelten wir Korbflaschen und alte Möbel aufeinander und setzten uns auf Strohhaufen. Wir sprachen leise, denn man musste auf die Geräusche von draußen achten. Ein paar Schritte im Hof genügten, um uns in Panik zu versetzen. Die Buben waren tapferer, die Mädchen dagegen schauten mich mit flackerndem Blick an. Es waren Siebenjährige, und ich lehrte sie Lesen und Schreiben. Ich nahm ihre Hände und umschloss sie mit meiner Faust wie mit einem Panzer. So half ich ihnen, die Buchstaben des Alphabets nachzumalen, die Wörter, die ersten Sätze. Anfangs schien es aussichtslos, doch dann, von einem Abend zum anderen, konnten sie auf einmal etwas buchstabieren, lasen nacheinander laut vor und fuhren mit dem Finger die Zeile entlang, um ja nicht den Faden zu verlieren. Deutsch zu unterrichten war wunderschön. Es gefiel mir so gut, dass ich manchmal vergaß, eine klandestine Lehrerin zu sein. Ich dachte an Erich, er wäre stolz gewesen, wenn er mich hätte sehen können, wie ich da unten auf ein Stück Schiefer Buchstaben und Zahlen schrieb, die die Kinder abschrieben und gedämpft im Chor wiederholten. Auf dem Heimweg machte ich meine Haare auf, weil die Kopfschmerzen sonst nicht nachließen. Doch selbst das Kopfweh war eine gute Gesellschaft, es lenkte mich von der Angst ab.

Eines Abends traten zwei Carabinieri die Türe ein, als ob wir Verbrecher wären. Ein kleines Mädchen fing zu schreien an, die anderen flüchteten sich in die Ecken und drehten sich zur Wand, um nichts zu sehen. Nur Sepp blieb an seinem Platz, ging dann langsam zu einem der beiden hin und beschimpfte ihn mit einer verhaltenen Wut, die ich nie vergessen werde. Der Carabiniere verstand kein Deutsch, versetzte ihm aber mit voller Wucht eine Ohrfeige. Der Bub rührte sich keinen Zentimeter. Er weinte nicht, sondern starrte den Mann weiter hasserfüllt an.

Als alle hinausgegangen waren, zertrümmerten die Carabinieri die Tafel an der Wand, traten gegen die Korbflaschen, warfen die Möbel um.

»Du kommst ins Gefängnis!«, schrien sie, als sie mich aufs Rathaus schleppten.

Die ganze Nacht schlossen sie mich in einem kahlen Raum ein. An der Wand hing ein Bild von Mussolini, die Hände in die Seiten gestemmt, mit stolzem Blick. Es hieß, er wäre sehr beliebt bei den Frauen, und ich grübelte, was denn an ihm so anziehend war. Sobald ich einnickte, trat ein Carabiniere herein und hieb mit einem Stock auf den

Tisch, um mich zu wecken. Er leuchtete mir mit einer Lampe ins Gesicht und fragte immer wieder: »Wer verschafft dir das Material?« – »Wo verstecken sich die anderen klandestinen Lehrer?« – »Wer sind die Eltern der Kinder?«

Als Vater mich abholen kam, rissen sie ihm den Schnurrbart aus, wie sie es immer machten bei denen, die ihnen nicht passten. Anschließend knöpften sie ihm einen Haufen Geld ab. Ich fühlte mich hundeelend, hatte Magenkrämpfe und blutunterlaufene Augen. Ich dachte, dass Vater mir nun verbieten würde zu unterrichten, doch während er mir am Brunnen mit einem nassen Lappen das Gesicht abwischte, sagte er: »Jetzt bleibt dir nichts anderes übrig, als weiterzumachen.«

Wir zogen um und trafen uns jetzt bei einem Kunden von Vater auf dem Speicher. Alle kamen wieder, nur das kleine Mädchen, das zu kreischen begonnen hatte, wollte nicht mehr mitmachen. Meine Schüler hatten nichts als ein Blatt Papier, manchmal nicht einmal das. Einige rissen einfach eine Seite aus dem Heft, das sie in der italienischen Schule benutzten, zu deren Besuch sie ja verpflichtet waren. Am Ende des Unterrichts ließ ich sie durch die Hintertür hinaus. Einmal, als es plötzlich klopfte, kletterten wir hastig aufs Dach, schnell wie die Mäuse. Ich hielt die Kinder alle an mich gedrückt vor Angst, dass sie hinunterrutschen könnten, und hinterher kam die Hausherrin und sagte lachend, es sei der Bäcker gewesen, der das Brot lieferte.

Im Sommer wurde alles leichter. Wir hielten unseren Unterricht inmitten der Felder ab, und die Sonne und all das Licht verjagten hässliche Gedanken. Im Freien wurde es zum Spiel, die klandestine Schule zu tarnen. Stundenlang probten wir ein Stück, das ich an Weihnachten auf Majas Bauernhof aufführen wollte. Wir lasen Andersens Märchen und Grimms Märchen, aber auch verbotene Gedichte, die ich noch auswendig konnte, weil ich sie als Kind gelernt hatte, als es noch die österreichische Schule gab. Ab und zu ließ mich ein Geräusch von der Straße verstummen, dann nahm Sepp meine Hand und beruhigte mich mit seinen eisigen Augen. Jahre später erfuhr ich, dass Sepp einer der jüngsten Kollaborateure der Nazis geworden war. Er selektierte die Häftlinge im KZ Bozen.

Jede Nacht träumte ich von den Carabinieri und den Schwarzhemden. Schweißgebadet fuhr ich aus dem Schlaf hoch und starrte dann stundenlang an die Decke. Ich konnte erst wieder einschlafen, wenn ich das ganze Haus durchsucht und mich vergewissert hatte, dass wirklich nirgendwo einer versteckt war. Ich schaute auch unters Bett, in den Schrank, und Mutter, die einen leichten Schlaf hatte, fragte von nebenan: »Trina, wieso um alles in der Welt bist du um diese Zeit auf?«

»Ich sehe nach, ob Carabinieri im Haus sind!«, erwiderte ich.

»Unter dem Bett?«

»Ehm …«

Dann hörte ich, wie sie sich zur Seite drehte und murmelte, ich sei ja nicht ganz bei Trost.

Die Katakombenschulen nahmen unterdessen zu. Die Schmuggler brachten uns aus Bayern und Österreich Hefte, Rechenbretter und Tafeln mit. Sie gaben alles den Pfarrern, die das Material dann sortierten. Obwohl die Faschisten sich anstrengten und überall ihre Schilder *Deutsch sprechen verboten* anbrachten, konnten sie nichts und niemanden italianisieren und wurden immer gewalttätiger.

Als es wieder Winter wurde, begannen die Kinder, sich zu verkleiden, um die Carabinieri zu täuschen. Sie erschienen bis obenhin vermummt in dicken Mänteln, als ob sie Fieber hätten, in notdürftig zusammengeflickten Arbeitshosen, herausgeputzt, als müssten sie gerade zur Erstkommunion … Wenn ich abends heimradelte und endlich unser Haus auftauchte, wo hinter den verrußten Scheiben die Petroleumlampe brannte, lachte ich vor Erleichterung, dass ich ein weiteres Mal davongekommen war.

Eines Tages machte ich mit Barbara einen Ausflug. Wir küssten uns im Gras, und als wir aufstanden, waren unsere Kleider zerknittert. Es machte uns Spaß, aber warum wir es taten, wüsste ich nicht zu sagen. Vielleicht braucht man, wenn man noch so jung ist, nicht unbedingt einen Grund. Wir saßen auf einem gefällten Baumstamm, und Barbara hielt ein Tütchen mit Schokoladenkeksen in der Hand.

»Auf Deutsch zu unterrichten gefällt mir«, erzählte ich ihr mit vollem Mund, »und zu wissen, dass ich damit etwas gegen die Faschisten tue, gefällt mir noch besser.«

»Hast du gar keine Angst?«

»Na ja, am Anfang habe ich mich schon ein wenig gefürchtet, aber inzwischen habe ich gelernt, die Gesichter der Kinder zu beobachten. Wenn sie entspannt sind, werde auch ich ruhig.«

»Diese Schweine haben mich nicht einen Tag unterrichten lassen«, sagte sie untröstlich.

»Warum kommst du nicht auch zu uns?«

»Trina, ich hab's dir schon gesagt, ich bin nicht wie du. Wenn mir das passiert wäre, was du erlebt hast, hätte ich einen Herzinfarkt gekriegt.«

»Es war nur ein böser Schrecken.«

»Mittlerweile helfe ich im Laden, mein Vater verlässt sich auf mich«, fuhr sie abwehrend fort.

»Aber du kannst doch auch unterrichten, ohne mit der Arbeit aufzuhören. Zwischendurch, wenn du ein paar Stunden freihast«, schloss ich hastig. »Wirst sehen, mit den Kindern zusammen zu sein tut dir gut, sie sind viel besser als die Erwachsenen.«

Sie überlegte lange, kaute auf ihren Lippen und sagte dann: »Also einverstanden, aber verrate es niemandem. Auch nicht meinen Eltern.«

Als ich mit dem Pfarrer darüber sprach, war er hocherfreut. In Reschen wartete schon eine weitere Gruppe darauf anzufangen.

Barbara schaffte es knapp, mir zu erzählen, dass ihr das Unterrichten Spaß machte. Dann kam der Donnerstagabend. In Graun regnete es. Der gewohnte, schräge Regen, der im November fällt. Ich war mit dem Peppi daheim, wir machten gerade Fleischklößchen.

Draußen ließ jemand ein Fahrrad fallen und hämmerte mit den Fäusten an die Tür.

Es war Maja. »Sie sind runtermarschiert, haben die Sakristei geräumt, alles zertrümmert und die Kinder mit Fußtritten davongejagt!«, schrie sie außer Atem, mit finsterem Blick. »Als Barbara dann allein dastand, haben sie sie an den Haaren weggezogen und ins Auto gestoßen. Schon bald soll sie in die Verbannung nach Lipari geschickt werden.«

Ich konnte nicht einmal fragen, ob sie sie auch

verprügelt hatten. Starr stand ich da, mit ausgetrocknetem Mund.

Der Regen fiel weiter auf die Schwelle und machte mein Gesicht nass.

6

Vater und Erich machten weiter wie immer. Gespräche, Schnaps, Zigaretten. Auch ich machte weiter wie immer. Ich lauerte hinter dem Türrahmen, hing meinen Träumereien nach und flüchtete in die Küche, sobald Erich aufstand, um heimzugehen. Jedes Mal tat ich so, als würde ich gerade eine Tischdecke falten oder Wasser trinken, als wäre ich der Wüste entronnen. Ich dachte, es würde ewig so bleiben. Und im Grunde missfiel es mir nicht. Wenn ich ihn einsam dort auf dem Hocker sitzen sah, fühlte ich mich schon viel weniger allein. Kann das nicht ebenso eine Art zu lieben sein? Ihn einfach heimlich anschauen, ohne das übliche Theater mit Hochzeit und Kindern?

Eines Tages im November erschien er dann mit einer klaffenden Wunde am Kinn, einer Verletzung, die schräg den Hals hinunter verlief bis unters Hemd. Es sah aus, als hätte jemand versucht, seinen Kopf zu spalten wie eine Wassermelone. Vater fasste ihn spontan um die Schultern und führte ihn zu dem Stuhl vor dem Kamin.

»Mit einer Gruppe Bauern haben wir uns in den letzten Nächten hinter dem Dorf verschanzt«, erzählte Erich. »Auf einmal sind italienische Inspektoren gekommen. ›Hier wohnen wir seit Jahrhunderten, hier leben unsere Väter und unsere Kinder: Und hier liegen unsere Toten!‹, habe ich geschrien. Da hat einer dieser Feiglinge den Schlagstock gezückt, doch ein Ingenieur hat ihn gebremst und mir geantwortet, wir würden sicher zu einer Einigung kommen. ›Der Fortschritt ist mehr wert als eine Handvoll Häuser‹, hat er gesagt.«

Ich war traurig, als ich ihn so entstellt sah, aber auch glücklich, ihm endlich nahe zu sein und mich nicht mehr verstecken zu müssen. Ich wollte ihn mit Watte verarzten und sagen, sprich nur weiter, Erich, um deine Verletzung kümmere ich mich.

»Ein anderer von uns hat gebrüllt, wir würden unter keinen Umständen weggehen, das ganze Dorf würde Widerstand leisten. ›Wir nehmen die Mistgabeln, öffnen die Ställe und lassen die Hunde frei!‹, schrie er. Daraufhin sind die Faschisten mit Schlagstöcken und Peitschen auf uns losgegangen.« Er fasste sich an die Wunde, als könnten wir ihm sonst nicht glauben.

Vater hörte mit offenem Mund zu.

»Möchtest du zum Essen bleiben?«, habe ich ihn gefragt, was mir einen bösen Blick von Mutter eintrug.

Doch Erich erwiderte, er müsse jetzt allein sein.

Eines Nachmittags bin ich zu Barbaras Haus gegangen. Ich konnte es nicht hinnehmen, dass wir nur hundert Schritte auseinander wohnten und auf einmal nicht mehr Hand in Hand spazieren gehen durften. Also stibitzte ich nach dem Mittagessen, sobald Mutter sich hingelegt hatte, ein Stück Kuchen vom Tisch, wickelte es in ein Küchentuch und ging los, ohne irgendwem etwas zu sagen.

Verschwitzt kam ich an der Tür ihres Bauernhauses an und war plötzlich wie gelähmt. Ich konnte weder klopfen noch ihren Namen rufen. Ich wartete darauf, dass Barbara zum Fenster neben dem Stall herausschauen würde wie sonst, wenn die Eltern ihr nicht erlaubten, das Haus zu verlassen. An manchen Sommertagen ließ sie es offen, und wenn ich vorbeikam, um sie abzuholen, stieß ich einen Pfiff aus. Sie antwortete mit einem anderen Pfiff, dann sprang sie mit einem Satz herunter und brachte immer ein Tütchen Süßigkeiten mit, die wir unterwegs naschten. Ihre Schwester Alexandra sagte, mit unserem Gepfeife seien wir noch primitiver als die Schäfer.

Ich weiß nicht, wie lang ich dort vor der Tür

stand, mit steifen Beinen, und es nicht einmal schaffte umzukehren. Bis ausgerechnet Alexandra herauskam. Sie trug mehrere Taschen in der Hand, und bei meinem Anblick ließ sie alles fallen.

»Kann ich mit Barbara sprechen?«, fragte ich sie kaum hörbar.

Alexandra riss die Augen auf, ich weiß nicht, ob vor Verachtung oder vor Staunen. Dann hob sie das Kinn, um mir zu sagen, ich solle verschwinden.

»Kann ich mit Barbara sprechen«, fragte ich erneut.

»Sie ist nicht zu Hause.«

»Das sagst du nur, weil du nicht willst, dass ich mit ihr spreche.«

»Ja, genau«, erwiderte sie mit zusammengekniffenen Lippen. »Und sie will es auch nicht.«

»Bitte«, wiederholte ich noch einmal. »Auch von hier aus, sie braucht nur eine Minute ans Fenster zu kommen.«

»Weißt du, dass sie deinetwegen in die Verbannung geschickt wird?«

Wir schwiegen, wie zwei Duellantinnen. Aus dem Stall hörte man die Schafe blöken.

»Geh mir aus dem Weg!«, schrie ich sie plötzlich an. »Hau ab!«

Mit gesenktem Kopf ging ich auf sie los wie ein Stier, und während ich sie anrempelte, schien mir, als entschiede nicht ich über mein Tun, sondern ein Teil meines Körpers, den ich nicht kannte. Wir fielen übereinander her wie Hündinnen. Alexandra riss mich an den Haaren und streckte mich mit einem Fußtritt nieder.

»Wenn du nicht weggehst, rufe ich meinen Vater.«

Augenblicklich wurde mir bewusst, was ich angerichtet hatte, und ich hätte vor Scham im Boden versinken mögen. Die Tränen liefen mir über die von Alexandras Nägeln zerkratzten Wangen.

Sie bewachte die Türe, bis ich den Rückzug antrat. Im Gehen wollte ich mich noch einmal umdrehen und sie bitten, Barbara wenigstens das Stück Kuchen zu geben, das ich mitgebracht hatte und das neben ihren Tüten auf den Boden gefallen war. Aber meine Stimme gehorchte mir nicht mehr.

Allein irrte ich ziellos umher. Als ich heimkam, war es schon Abend. Kaum hatte ich den Fuß ins Haus gesetzt, trat Vater mir entgegen.

»Wo bist du bloß gewesen?! Es ist schon längst dunkel, du gewissenloses Ding!«

Mein Gesicht war noch vom Weinen gerötet, aber er bemerkte nichts, nicht einmal die Kratzer, so sehr war er in seine Strafpredigt vertieft.

»Du hast Glück, dass deine Mutter sich fiebrig fühlt und mit den Hühnern schlafen gegangen ist.«

Ich entschuldigte mich, schwor, es werde nie mehr vorkommen, und wollte schon ins Bett gehen, als er meinte, er müsse mir noch etwas Wichtiges sagen.

»Morgen, Vater, ich habe einen schlimmen Tag gehabt.«

Er legte mir die Hände auf die Arme und zwang mich, mich auf den Hocker zu setzen.

»Ich habe mit ihm gesprochen«, verkündete er.

»Mit wem?«

»Was soll das heißen, mit wem?!«

»Ich hab's dir gesagt, Vater, ich hatte einen schlimmen Tag. Lass mich schlafen gehen.«

»Er sagt, er habe nicht dran gedacht, aber es ist ihm recht. Er freut sich sogar.«

Erst da begriff ich, dass er Erich meinte. Rasch fuhr ich mir mit den Händen übers Gesicht und trocknete mir mit seinem Taschentuch die Augen.

»Warum hast du mich nicht um Erlaubnis gefragt?«

»Ach Kindchen, ich versuche dir zu helfen, und so dankst du es mir? Möchtest du ihn denn nicht heiraten? Willst du lieber dein Leben lang Tischtücher falten?«

Noch nie war ich so verstört gewesen, mit pulsierenden Schläfen, geschüttelt von Schluchzern, die sich nicht aufhalten ließen.

»Gefalle ich ihm denn oder nicht?«, war das Einzige, was ich dazwischen herausbrachte.

»Aber natürlich, du bist so hübsch!«

»Du findest mich hübsch, aber er? Gefalle ich ihm wirklich?«

»Wieso solltest du ihm nicht gefallen, kannst du mir das mal sagen?«

»Und Mutter? Wer sagt es Mutter jetzt?«, schrie ich wütend, überwältigt von dem ganzen Aufruhr.

»Eins nach dem anderen«, sagte er, streckte die Arme aus und sah mich mit großen Augen an – mein Verhalten war ihm unbegreiflich.

»Kann ich jetzt ins Bett gehen?«

»Sag mir wenigstens, ob du ihn heiraten willst.«

»Mir ist's recht, Erich zu heiraten«, erwiderte ich und erhob mich vom Hocker.

»Aber warum flennst du dann immer noch, wenn du doch einverstanden bist?«, rief er, indem er die Pfeife ausklopfte.

Ich brachte kein Wort heraus, und er trat auf mich zu und umarmte mich fester als nach der Abschlussfeier.

»Ich freue mich, Trina. Er ist ein Waisenkind, ein armer Kerl, und besitzt das kleinste Grundstück im ganzen Dorf. Kurz, er erfüllt alle Voraussetzungen, um dir ein Hungerleben zu bieten!« Er lachte in der Hoffnung, dass ich endlich auch lachen würde.

Ich habe eine gute Woche gebraucht, um mich von diesem Tag zu erholen. Als ich mich schließlich beruhigt hatte und wieder etwas zu Sinnen gekommen war, ging ich zu Mutter und fragte sie: »Also, darf ich ihn heiraten?«

Mutter wischte ungerührt weiter Staub und antwortete, ohne sich umzudrehen: »Mach, was du willst, Trina. Bei deiner spitzen Zunge will ich lieber nicht mit dir streiten. Wenn dich meine Meinung interessiert hätte, hättest du mich ja zu gegebener Zeit gefragt.«

Mehr konnte ich von ihr nicht erwarten.

7

Als Vater mich in der Kirche zum Altar führte, die Maja über und über mit Geranien geschmückt hatte, konnte ich die Tränen kaum zurückhalten. Aber nicht aus Rührung, sondern weil Barbara genau am selben Tag in ein Auto gezerrt und in die Verbannung geschickt wurde. Sie behandelten sie schlimmer als eine Hure und zwangen sie, in Handschellen durch die Straßen zu gehen. Ich trug ein gestärktes weißes Kleid voller Rüschen, die Haare zum Kranz geflochten und glänzende Schuhe, sie erschien ungekämmt und mit alten Schlappen an den Füßen. In der Kirche warteten die Leute auf mich, und alle, auch der Pfarrer, dachten, ich würde mich verspäten, weil ich mich noch schönmachte. Doch ich stand weinend auf dem Vorplatz und flehte Vater an, er solle mich so, wie ich war, zu Barbara begleiten und mit den Carabinieri reden lassen, um ihnen zu gestehen, dass alles meine Schuld war und sie auch mich in die Verbannung schicken mussten.

»Genug jetzt, Kindchen«, sagte er immer wieder geduldig und hielt mir sein Taschentuch hin. Wenn nicht irgendwann der Peppi erschienen wäre und ihm geholfen hätte, mich vor den Altar zu schleppen, hätte ich die Trauung vielleicht wirklich platzen lassen.

Wir zogen in Erichs Bauernhaus, das er von seinen Eltern geerbt hatte. Man sah, dass es ein Totenhaus war. Das Wohnzimmer war düster, und auf den Möbeln standen Fotos von seiner Mutter, die ich so ständig vor Augen hatte. Die Mutter als junges Mädchen, die Mutter mit den Kindern, die Mutter mit ihrer Mutter. Ich machte mich daran, die Zimmer umzugestalten, strich allein alle Wände und räumte die Einrichtung um. Ab und zu fiel, wenn ich die Möbel verschob, ein Bilderrahmen herunter, und das Glas zerbrach. Dann kehrte ich die Scherben zusammen, küsste das Foto der Toten, um mich zu entschuldigen, und legte es mit einem Seufzer der Erleichterung in die hinterste Schublade. Im Lauf eines Monats hatte ich sie alle erledigt.

An Platz fehlte es nicht in diesem Haus, und rundherum war eine schöne Wiese, wo Strupp freudig herumtollte, doch von den nahen Ställen wehte ein Geruch von Streu und Viehfutter herüber, der die Haut durchdrang, und an manchen Abenden wurde mir übel. Ganz zu schweigen von der Kälte, die uns zwang, im Winter mit über die Schultern geworfenen Decken herumzulaufen wie Gespenster. Denn unter der Tür pfiff heulend der Wind herein. Wir klebten die ganze Zeit am Kachelofen und wuschen uns nur bei Gelegenheit. Nach dem Essen krochen wir sofort ins Bett, und fast jeden Abend näherte sich Erich mir wie ein zahmes Tier, um mit mir zu schlafen. Für mich war es wie ein Ritual, ich kann nicht sagen, dass es mir Spaß machte oder mir missfiel. Danach ging es ihm gut, und das genügte mir. Während er mit mir schlief, dachte ich manchmal an Barbara, die wer weiß wo gelandet war und mich wer weiß wie hasste.

Ich stand mit ihm auf, wenn es noch dunkel war, kochte ihm seine Milchsuppe und half ihm, wenn nötig, beim Melken und beim Verteilen des Heus. Es kostete mich keine Mühe, früh aufzustehen. Wenn ich dann allein war, machte ich mir noch ein Tasse Malzkaffee, danach ging ich zu den Kindern. Der Pfarrer hatte mir einen Geräteschuppen hinter der Metzgerei zugewiesen. Mittlerweile waren mir nur noch drei Schüler geblieben. Die Faschisten hatten im ganzen Tal erneut Durchsuchungen vorgenommen, noch mehr Lehrer mit Geldstrafen belegt und verhaftet. Nur die Pfarrer konnten unter dem Vorwand des Katechismus noch Deutsch unterrichten.

Nach der Schule ging ich zum Essen bei meinen Eltern vorbei. Häufig blieb ich dort, oder ich ging nach Hause und las. Mutter konnte es nicht ertragen, dass ich meine Zeit so vergeudete. Wenn sie mich mit einem Buch in der Hand sah, brummte sie, ich würde die Bücher wohl auch in die Hölle mitnehmen, schob mir Flicksachen hin und lag mir mit ihrer Leier in den Ohren, ich müsse doch nähen und stricken lernen für die Zeit, wenn ich dann Kinder bekäme.

Am Sonntag machten wir Radtouren. Wir fuhren an den Fluss, sammelten körbeweise Pilze, kletterten auf steilen Pfaden zu den Gipfeln hinauf. Das Tal kenne ich, weil Erich es mir gezeigt hat, nicht weil ich dort geboren bin. Wenn mir oben kalt wurde, rieb er mir den Rücken. Er hatte lange, nervöse Hände, die ich gern auf mir spürte. Er wachte auch an Feiertagen im Morgengrauen auf und sagte: »Komm, lass uns wandern gehen, der Himmel ist so klar!«

Ich wäre durchaus noch liegen geblieben, aber Erich machte einen Malzkaffee, brachte ihn mir ans Bett und zog mir dann die Decke weg.

An Kinder sollten wir vorerst nicht denken, sagte er, und wenn ich antwortete, ich wolle aber welche, zuckte er mit den Schultern.

»Die kommen, wann sie wollen«, sagte er kurz angebunden.

Kaum hatte er es ausgesprochen, war ich auch schon schwanger. Ich kam gerade aus dem Schuppen. Plötzlich spürte ich eine heftige Übelkeit, es war wie ein Stich. Hastig radelte ich heim, lief zur Waschschüssel, dann packte mich die übliche Unentschlossenheit, und ich sagte mir, es sei wohl besser, draußen zu bleiben. Das Ergebnis war, dass ich die Tür vollspuckte.

»Ich habe es dir ja gesagt, dass sie kommen, wann sie wollen!«, lachte Erich und legte mir den Kopf auf die Brust.

Während der Schwangerschaft war ich immer müde, sobald ich vom Schuppen zurückkehrte, aß ich etwas und legte mich ins Bett. Die Faschisten fürchtete ich nicht mehr, und obwohl ich schwanger war, wollte ich um nichts auf der Welt aufhören, heimlich als Lehrerin zu arbeiten. Durch den Bauch fühlte ich mich beschützt, nicht verängstigt.

Wenn Erich vom Feld kam, streichelte er über die Wölbung und sagte, seiner Ansicht nach sei es ein Mädchen und er wolle es Anna taufen, nach seiner Mutter.

»Nein, wenn es ein Mädchen ist, nennen wir es Marica«, erwiderte ich, und damit war das Gespräch beendet.

8

Anfangs trank Michael und schlief selig in seiner Wiege, die Vater gebaut und Mutter mit Baumwollvolants ausstaffiert hatte. Er schrie nie und machte eigentlich überhaupt nie den Mund auf. Die ersten Worte sagte er mit geschlagenen drei Jahren. Das Gegenteil von dir. Erich konnte nichts mit ihm anfangen, er streichelte ihn ein bisschen, das war alles. Wenn ich ihn fragte, warum er sich nicht mehr Mühe gab, sagte er, solange Michael nicht sprechen könne, wisse er nicht, was er ihm sagen solle.

Das Leben als Mutter war nicht besonders anstrengend, ich schaffte es noch, zu unterrichten und mit Maja spazieren zu gehen. Auch weil ich mich auf meine Mutter verlassen konnte, die jeden Morgen kam, um mir zu helfen. Allerdings schätzte ich ihre Hilfe nicht besonders. Sobald sie hereinkam, tastete sie meine Brust ab und warf mir vor, ich sei zu dünn: »Darum hast du so wenig Milch«, sagte sie. Und dann wollte sie das Kind ständig auf den Arm nehmen, zu jeder Zeit war für sie Stillzeit.

Vier Jahre mussten vergehen, bis du auf die Welt kamst. So lange grämte ich mich, denn obwohl deine Großmutter mir nicht das Gefühl gab, eine gute Mutter zu sein, wollte ich dich unbedingt. Der Tag, an dem ich entdeckte, dass ich dich erwartete, war der glücklichste meines Lebens. Ich fühlte, dass du ein Mädchen warst, und wusste schon, dass ich dir diesen Namen geben würde, den ich in einem Roman gelesen hatte, was nach Mutters Meinung noch so eine Grille war, die ich mir während meiner Ausbildung zur Lehrerin in den Kopf gesetzt hatte.

Du wurdest in einer Winternacht geboren. Der Schnee lag hoch, und die Hebamme kam spät, als du schon mit dem Kopf draußen warst. Mutter machte alles allein. Sie füllte die Eimer auf, legte Holz nach, um immer heißes Wasser zu haben, wechselte die Tücher aus, ließ mir Zeit zu pressen und dazwischen Pausen zu machen, damit es mich nicht zerreißt. Auch in diesen Augenblicken gab sie Befehle wie ein General. Aber sie war achtsam und fürsorglich. Nie ließ sie meine Hand los.

Als du dann da warst, füllte sich das Zimmer mit den Gerüchen der Geburt, und ich weiß nicht wofür, aber ich schämte mich. Mutter wusch dich säuberlich und legte dich mit einem Mützchen auf dem Kopf an meine Brust. Mit Schweißperlen auf der Stirn, die Hände in die Seiten gestemmt, sagte sie: »Sie gleicht dir wirklich aufs Haar, man wird aufpassen müssen, sie von den Büchern fernzuhalten!« Und sie lachte zufrieden, denn deine Haut war nicht rot und schrumpelig, sondern weiß und zart.

Erich war seit Tagen fort zum Holzfällen. Zusammen mit einer Gruppe Bauern war er mit dem Schlitten unterwegs. Mich beunruhigte es immer, wenn er zum Holzfällen ging. Die Arbeit war gefährlich, und es war schon vorgekommen, dass ein Schlitten beschleunigte und an einen Baum prallte oder in eine Klamm stürzte. Als er zurückkehrte, sagte ich ihm, dass Vater dich schon im Rathaus angemeldet hatte und dass dein Name nun nicht mehr zu ändern war.

»Eine eigensinnigere Mutter kannst du nicht haben«, sagte er zu dir, nahm dich auf den Arm und studierte dein Gesicht.

Du warst nicht wie Michael: Immer hast du die Milch wieder ausgespuckt, und dich zu stillen war immer anstrengend. Ich musste sie dir in den Mund träufeln, weil du das Saugen schnell leid warst. Zum Einschlafen musste man dich ununterbrochen wiegen und dir zum Festhalten den Pompon geben, den Mutter dir mit einem Bändchen ums Handgelenk gebunden hatte. Ihrer Meinung nach hattest du Angst herunterzufallen, und man musste bei dir wachen, um dich nicht mit deinen Schrecken alleinzulassen. Abends blieb Michael bei dir, bis dir plötzlich, nachdem du lange auf die Petroleumlampe gestarrt hattest, die großen braunen Augen zufielen. Wenn du anfingst, mit den Händchen zu fuchteln, streichelte er dir den Bauch, damit du nicht aufwachtest. Die Wörter kamen früh. Vielleicht bin ich deshalb davon ausgegangen, dass du mitteilsam bist und mit allen plauderst.

Mit drei Jahren ranntest du schon schnell wie ein Hase. Du hattest eine so unermüdliche Kraft in den Beinen, dass Vater bald nicht mehr Schritt halten konnte. Von da an ging er mit Erich zusammen, der dich am Kragen erwischte, wenn du weglaufen wolltest. Das ist eine meiner deutlichsten Erinnerungen: Wie du zwischen den beiden auf die Kirche zugehst.

Auf dich und deinen Bruder aufzupassen war mir bald zu viel. Ich litt, weil mir die Zeit fehlte. Während ich mit euch beschäftigt war, dachte ich, verpasste ich so viele schöne Dinge auf der Welt, die ich später, wenn ihr groß sein würdet, nicht nachholen könnte. Wenn ich Erich diese Gedanken anvertraute, verstand er mich nicht und sagte, ich würde mir das Leben sauer machen.

Es störte ihn nicht, wenn beim Heimkommen vom Feld das Abendessen nicht fertig oder die Wohnung in Unordnung war. Nachdem er sich die Schlafanzughose angezogen hatte, nahm er dich auf den Arm und schnitt mit der anderen Hand die Polenta in Scheiben oder briet sich ein paar Eier in Butter. Er aß im Stehen, am Tisch zu sitzen war ihm nicht wichtig.

Als du größer wurdest, wuchs seine Zuneigung. Du warst seine Trophäe. Er setzte dich auf die Schultern, und wenn du ihm nicht ins Ohr schriest, zündete er sich eine Zigarette an und schritt mit dir über den Dorfplatz wie ein siegreicher General. Michael nahm er mit zum Fischen oder in Karls Wirtshaus. Dort ließ er ihn Milch aus einem Bierglas trinken, damit er sich groß fühlte.

Abends bist du immer wartend mit deinem Bruder an der Tür gestanden, und wenn Erich auftauchte, seid ihr ihm entgegengelaufen und wolltet ihn gar nicht erst hereinlassen. Er wehrte ab, weil er noch den Viehgestank an sich hatte, doch ihr schobt eure Köpfe zwischen seine Beine, um zu zeigen, dass es euch egal war. Ihr wolltet draußen mit ihm herumtollen. Ich musste euch langweilig vorkommen. Ich setzte euch gern auf den Teppich und sah euch beim Spielen zu.

Wenn ihr müde wurdet, wolltet ihr mich, um

rasch einzuschlafen, du an meiner Schulter, Michael in seinem Bett. Dann begann Erich zu rauchen und hielt mir eine düstere Rede. Die Faschisten waren sein Alptraum.

»Sie werden uns zum Arbeiten nach Afrika schicken oder zum Kämpfen an irgendeinen gottverlassenen Ort ihres lächerlichen Reichs«, schimpfte er mit rauchiger Stimme. »Jetzt nehmen sie uns die Arbeit und die Sprache weg, und wenn sie uns erst zur Verzweiflung und in die Armut getrieben haben, jagen sie uns davon und bauen ihren verfluchten Staudamm.«

Ich hörte zu und wusste nicht, was ich sagen sollte. Er ließ sich nicht trösten.

»Dann lass uns die Kinder nehmen und wegziehen.«

»Nein!«, schrie er.

»Warum willst du hierbleiben, wenn wir keine Arbeit mehr haben, nicht mehr Deutsch sprechen dürfen und sie unser Dorf zerstören?«

»Weil ich hier geboren bin, Trina. Mein Vater und meine Mutter sind hier geboren, du bist hier geboren, unsere Kinder sind hier geboren. Wenn wir weggehen, haben die anderen gewonnen.«

9

1936 kam Erichs Schwester Anita nach Graun. Sie lebte mit Lorenz, ihrem großen, dicken Mann, der einen langen Schnurrbart hatte, in Innsbruck. Reiche Städter, die ich nur am Tag meiner Hochzeit gesehen hatte. Sie waren viel älter als wir. Vom Bankdirektor kauften sie eines der vielen leerstehenden Bauernhäuser im Dorf. Wir kamen uns schnell näher. Sonntags aßen wir zusammen, manchmal auch unter der Woche abends. Sie kochte gern. Oft klopfte sie bei uns und brachte einen Gugelhupf vorbei.

»Für die Kinder«, sagte sie.

Anita sah Erich ähnlich, hatte seine Züge, die gleiche hohe Stirn. Sie war klein und gemütlich und lächelte immer. Wenn Lorenz aus Österreich herkam – er war Versicherungsvertreter –, brachte er euch Geschenke mit. Bei manchen dieser Spielsachen blieb euch der Mund offen stehen. »Danke, Onkel Lorenz«, habt ihr hundertmal wiederholt, ihn aber nie spontan umarmt, vielleicht weil er mit diesem Schnurrbart so imposant war. Erich mochte die beiden. Häufig fragte er seine Schwester mit verständnislosem Lächeln: »Was wollt ihr bloß hier in Graun?«

»Die Stadt verwirrt mich«, erwiderte Anita und musterte ihre Hände.

Lorenz schüchterte mich ein. Stets trug er eine braune Weste und legte auch zu Hause die Fliege nicht ab. An schönen Tagen lud er uns zum Essen ins Restaurant ein. Ich erfand Ausreden, sagte, ich müsse aufräumen, doch er drängte, und zum Schluss zog ich euch an, und wir gingen alle zusammen los. Mit Erich sprach er über Politik, und ich hatte Mühe, ihren Gesprächen zu folgen. Ich verstand nur, dass Lorenz meinte, Deutschland werde die Welt retten. Anita und ich gingen ein paar Schritte hinter ihnen. Sie sprach mit mir immer über euch, versuchte euren Charakter zu erfassen und fragte mich, was ich für eure Zukunft im Sinn hätte. Und ich wusste nie, was ich antworten sollte. Sie sagte, deine Haut sei so glatt wie Porzellan. Auch ich fragte sie: »Was wollt ihr bloß hier in Graun?«, und dann erzählte sie mir, dass sie ihrem Mann jahrelang durch ganz Europa gefolgt sei, jetzt aber keine Lust mehr dazu habe. Während sie mir diese Dinge anvertraute, wurde sie ganz melancholisch und schwieg minutenlang. Oder sie sagte: »Durch das viele Herumziehen habe ich gar keine Freundschaften geschlossen«, und verzog missbilligend das Gesicht. Warum sie keine Kinder hatten, habe ich mich nie zu fragen getraut.

Michael war wie ein kleiner Stier, er wuchs sichtlich. Mit elf Jahren war er Erichs Schatten. Er weigerte sich, in die Schule zu gehen, und entwischte stattdessen oft auf die Felder. Wenn ich ihn schimpfte, mischte sich Lorenz ein und sagte, Michael tue nur gut daran.

»Die italienische Schule ist eine Schweinerei, da bringen sie den Kindern sowieso nur bei, den Duce zu bejubeln, viel besser, er lernt, in der Landwirtschaft mitzuarbeiten«, knurrte er mit seiner tiefen Stimme.

Ich biss mir auf die Zunge, um ihm nicht über den Mund zu fahren. Dass Michael nicht mehr in die Schule wollte, raubte mir den Schlaf. Es kam mir vor, als lebte er wie ein Tier. Erich dagegen kümmerte das nicht. Er nahm ihn mit, erklärte ihm, wie man Kartoffeln pflanzt, Gerste und Roggen sät, die Schafe schert und die Kühe melkt. Oder Vater, der es kaum erwarten konnte, jemandem sein Handwerk beizubringen, holte ihn zu sich in die Werkstatt.

Du dagegen bist gern in die Schule gegangen und

sprachst gut Italienisch. Abends hast du dich oft auf Erichs Bauch gesetzt, ihm mit den Händen die Augen zugehalten und ihm ein Aufsätzchen vorgelesen, und er bat dich dann, es zu übersetzen. Für dich klatschte Erich in seine knotigen Hände, ließ dich auf und ab hüpfen, und das Zimmer füllte sich mit fröhlichem Geschrei. Einmal bist du mit einer guten Note heimgekommen, hast mir mit dem Heft vor der Nase herumgefuchtelt und gesagt: »Mama, wenn ich groß bin, werde ich auch Lehrerin, freust du dich?«

Vorgestern habe ich ein altes vergilbtes Foto wiedergefunden, schief auf eine Seite geklebt, die aus einem Tagebuch stammen muss. Ein unscharfes Foto, wahrscheinlich hat Lorenz es geknipst. Man sieht Michael, der mich stürmisch umarmt. Du dagegen umarmst Erich.

Vater sagte mir, er habe nicht mehr die Kraft, in die Werkstatt zu gehen, sein Herz halte es nicht aus, jeden Tag mit dem Fahrrad nach Reschen zu fahren. Also begann ich hinzugehen, denn ich war noch arbeitslos, und den heimlichen Unterricht hatte ich aufgegeben.

Deshalb radelte ich jetzt zur Schreinerei und kümmerte mich ums Büro. Ich lernte, den Lieferanten zu schreiben, die Arbeiter zu bezahlen, die

Hauptbücher in Ordnung zu halten. Und du gingst zu Tante Anita, wenn niemand zu Hause war. Auch zu dir war sie immer lieb. Wenn ich dich abholte, hast du mir manchmal erzählt, dass du Sachen gegessen hattest, die wir uns nicht leisten konnten. Schokolade, Schinken. Bei uns war immer weniger Geld im Haus, manchmal war der Tisch am Abend recht karg gedeckt. Gleich nach der Hochzeit hatten wir ja auch mit meinem Lehrerinnengehalt gerechnet, da wir dachten, dass ich, Faschismus hin oder her, auf die eine oder andere Weise unterrichten könnte. 1938 erkrankte dann das Vieh, und wir mussten die Hälfte davon schlachten, um Ansteckung zu vermeiden. Schafe hatten wir fast gar keine mehr.

Lorenz wollte uns Geld leihen, doch wir waren zu stolz, um es anzunehmen. Erich hatte sich in den Kopf gesetzt, in Meran Arbeit zu suchen. Bozen und Meran waren wirklich zu dem geworden, was der Duce wollte. Die Industriegebiete und die Vorstädte wuchsen unentwegt. Die Lancia-Werke waren hierhergezogen, die Stahlwerke und die Magnesio. Es kamen Tausende von Italienern.

»Mach dir keine Illusionen, Mussolini lässt keine Tiroler einstellen«, sagte Lorenz immer wieder, »es ist sinnlos, dass du den weiten Weg machst.«

»Arbeit gibt es genug, sie müssen uns nehmen.«

»O nein, leider nicht.« Lorenz kratzte sich seufzend am Schnurrbart.

Daraufhin hieb Erich mit der Faust gegen die Wand und schrie, dass die Faschisten ihn zum Wahnsinn trieben.

»Hitler hat schon den Anschluss Österreichs geschafft. Lassen wir ihm noch ein bisschen Zeit, bald befreit er auch uns«, sagte Lorenz, um Erich zu beruhigen.

10

Es war, als hätte es den Faschismus seit eh und je gegeben. Seit eh und je war da das Rathaus mit dem Podestà und seinen Speichelleckern, seit eh und je blickte das Gesicht des Duce von den Wänden, seit eh und je steckten die Carabinieri ihre Nase in unsere Angelegenheiten und zwangen uns, auf den Dorfplatz zu kommen, um die Bekanntmachungen anzuhören. Wir hatten uns daran gewöhnt, nicht mehr wir selbst zu sein. Erst wuchs unsere Wut, aber die Tage vergingen, und der Kampf ums Überleben schwächte und zermürbte sie. Allmählich glich unsere Wut der Melancholie, sie explodierte nie. Auf Adolf Hitler zu hoffen war die einzige Rebellion. Und diese Rebellion zeigte sich in den Wirtshäusern, an den geheimen Treffpunkten, wo die Männer zusammenkamen, um deutsche Zeitungen zu lesen, verrauchte aber, wenn sie allein in den Ställen die Kühe molken und zur Tränke führten.

So dämmerten wir tatenlos und unterdrückt bis zum Sommer 1939 dahin, als Hitlers Deutsche erschienen, um uns zu verkünden, dass wir, wenn wir wollten, Italien verlassen und ins Reich kommen könnten. Sie nannten es die »große Option«.

Im ganzen Dorf wurde gefeiert. Die Leute jubelten auf der Straße, die Kinder tanzten Ringelreihen, obwohl sie nicht wussten, worum es ging, die Jugendlichen fielen sich um den Hals, zur Abreise bereit, die Männer gingen zu den Carabinieri hin und beschimpften sie auf Deutsch. Nun schwiegen die Carabinieri dazu mit gesenktem Kopf, die Hände auf den Schlagstöcken. Mussolini hatte es so angeordnet.

An dem Tag blieb Erich zu Hause, rauchte und sagte kein einziges Wort zu mir. Als Lorenz ihn abholen wollte, um ins Wirtshaus zu gehen, ging er nicht mit. Spät nachts kam Lorenz betrunken zurück und wollte vor dem Heimgehen noch mit Erich reden, der schon längst schlief. Ich war im Morgenrock, und als ich es klopfen hörte, warf ich mir eine Decke über die Schultern, bevor ich ihm aufmachte. Grußlos torkelte er, indem er sich an den Wänden festhielt, an mir vorbei ins Schlafzimmer, setzte sich neben Erich und sagte: »Ich haue hier ab, früher oder später, Wurzeln habe ich sowieso keine, nirgendwo. Aber wenn dir dieser Ort wichtig ist, wenn du dich in diesen Straßen und Bergen zu Hause fühlst, darfst du keine Angst haben hierzubleiben.« Und er umschlang seinen Kopf.

Das Dorf war in Aufruhr. Alle redeten nur vom Weggehen, malten sich aus, wohin der Führer sie schicken und was er ihnen geben würde für das, was sie hier zurückließen. Welche Höfe, in welcher Gegend des Reichs, wie viel Stück Vieh, wie viel Land. Die Faschisten mussten sie wirklich zur Verzweiflung getrieben haben, um diesen ganzen Unsinn zu glauben. Die wenigen, die so wie wir beschlossen hatten zu bleiben, wurden beschimpft und beleidigt. Sie nannten uns Spitzel, Verräter. Leute, die ich seit meiner Kindheit kannte, grüßten mich plötzlich nicht mehr oder spuckten auf den Boden, wenn sie mir begegneten. Die Frauen, die vorher alle gemeinsam zum Fluss gegangen waren, hatten sich nun in zwei Gruppen gespalten, die *Optantinnen* und die *Dableiberinnen*, und wuschen ihre Wäsche an verschiedenen Stellen. Das Thema Krieg erhitzte die Gemüter. Es schien, als könnten auch wir, die wir seit je ausgegrenzt und unterdrückt waren, im Lauf weniger Jahre zu Beherrschern der Welt werden.

»Was machst du?«, fragte ich Maja. »Wirst du gehen?«

»Ich will weg von Graun, aber nicht so.«

»Ich weiß nicht mehr, was richtig ist«, vertraute ich ihr an.

»Barbaras Familie geht«, sagte sie und wandte den Blick ab. »Sie wollen nach Deutschland.«

Es machte einen seltsamen Eindruck auf mich, Barbaras Namen zu hören. Mir war, als sei es hundert Jahre her, dass wir Freundinnen gewesen waren und zusammen am Fluss Italienisch gepaukt und lachend im Gras gesessen hatten. Ich war es nicht mehr gewohnt, ihren Namen zu hören. Das war mein verborgener Schmerz, über den ich mit niemandem sprach, nicht einmal mit mir selbst.

Sie bauten ihre Stände an den entgegengesetzten Seiten des Platzes auf. Die Nazis vor dem Glockenturm und die Italiener vor der Schusterwerkstatt. Sie verteilten Flugblätter an die Passanten. Die Nazis warnten uns, wir sollten aufpassen: Die Italiener würden uns nach Sizilien schicken oder nach Afrika, wo wir sterben würden wie die Fliegen. Die Italiener ebenso: »Die Deutschen schicken euch nach Galizien, ins Sudetenland oder noch weiter nach Osten. Am Ende werdet ihr im Eis kämpfen«, sagten sie.

Jemand warf Steine an unsere Fenster, die wir nun auch tagsüber geschlossen hielten. Aus jener Zeit ist mir die Dunkelheit im Haus in Erinnerung geblieben, und wie ich meine Nase durch den Spalt zwischen den Fensterläden steckte.

Eines Morgens fielen ein paar Buben über Michael her und verprügelten ihn, weil er der Sohn eines *Dableibers* war. Ich fand ihn im Hof auf dem Boden, den Mund voll Blut, Kleider und Haare kotverschmiert. Am folgenden Tag schickte ich dich nicht mehr zur Schule. Ich nahm dich auf dem Fahrrad in die Werkstatt mit und ließ dich keinen Moment mehr aus den Augen.

»Ab jetzt unterrichte ich dich«, sagte ich, um dich zu beruhigen.

Das passte dir nicht, du warfst mir vor, ich sei besitzergreifend, niemand in deiner Klasse würde dich verprügeln, denn du wüsstest, wie man sich Respekt verschafft. Und dann hast du andauernd gefragt: »Warum ziehen wir nicht auch weg?«

»Weil dein Vater es so beschlossen hat.«

»Mama, ich will weg aus diesem Dorf. Hier kann ich nicht einmal mehr zur Schule gehen.«

II

Es gab etliche, die zum Jahresende mit gepackten Koffern zur Abreise nach Deutschland bereit waren. Die hubbeligen Matratzen aufgerollt und auf die Wagen geladen, die Möbel zerlegt, die Jutesäcke gefüllt mit Geschirr und Hausrat. Am Abend traten die Männer mit Taschen voller Kleidung aus dem Haus, sorgfältig gefaltet von den Frauen, die vor der Abreise aus allem, was noch da war, ein letztes, reichhaltiges Mahl zubereiteten. Es duftete nach Fleisch und Kartoffeln, nach in Speck brutzelnder Polenta. Durch die Fensterscheiben sah man die Familien mit der Öllampe auf dem Tisch beim Essen, und sie kauten stumm. Wir, die Dableiber, schauten ihnen von der Schwelle oder von den Feldern aus zu und spürten, wie bitter dieser Abschied doch für sie war. Sie behaupteten, sie seien froh, Hitler werde sie reich machen, ihnen Höfe und Vieh geben, und trösteten sich, indem sie immer wieder sagten, hier in Graun werde der Duce bald den Staudamm bauen, und dann würden wir sowieso vertrieben. Doch man konnte ihnen von den zusammengepressten Lippen, den geballten Fäusten ablesen, dass es grausam war, so fortzugehen. Grausam für die jungen Frauen, für die Kinder, und noch mehr für die Alten, denen man die besten Plätze auf dem Wagen zuwies, mit der Bitte, sie sollten wenigstens versuchen zu schlafen. Während ein Wagen nach dem anderen zum Bahnhof Bozen oder Innsbruck abfuhr, wo die Züge des Führers warteten, senkte sich auf die Straße von Graun die Stille der Totenglocken.

Gerhard, der Säufer des Dorfs, machte Abend für Abend die Runde über die Höfe – es waren etwa hundert hier in Graun –, um nachzusehen, ob wieder jemand gegangen war. Fand er ein leeres Haus, klopfte er sich an der Tür die Knöchel wund oder fiel schließlich um und schlief ein. Am nächsten Morgen wurde er von Karl geweckt, der ihn sturzbetrunken, wie er war, ins Wirtshaus schleppte und ihm eine Tasse Kaffee einflößte, damit er wieder zu sich kam.

Eines Nachmittags sagte Maja zu mir: »Steig aufs Fahrrad, ich will Barbaras Schwester auf Wiedersehen sagen.«

Als Alexandra mich zusammen mit Maja in der Tür stehen sah, riss sie die Augen auf. Sie bat uns herein, schnitt für uns beide eine Scheibe Brot ab und hielt sie uns ohne Teller oder Serviette hin, wie man es mit Familienangehörigen macht. Wir aßen das Brot, und man hörte die Kümmelsamen unter unseren Zähnen knacken, so tief war die Stille. Wir verabschiedeten uns von ihrer Mutter, die jedoch kein Wort sagte. Ich streichelte den Hund, der neben dem Tisch winselte.

»Gehst du?«, fragte Maja sie.

»Ja, aber ich weiß noch nicht, wohin.«

»Hast du Nachricht von Barbara?«, erkundigte ich mich mit gesenktem Blick.

»Sie hat beim Duce ein Gnadengesuch eingereicht und wird bald freigelassen. Danach fährt sie direkt nach Deutschland, ohne hier vorbeizukommen.«

»Hast du Papier und Stift?«, fragte ich sie plötzlich.

»Was willst du damit?«, erwiderte sie mürrisch.

»Ich will ihr einen Gruß schreiben.«

Alexandra sah mich misstrauisch an, dann kramte sie in einer Schublade und zog einen kleinen Block heraus, von dem sie sorgfältig ein Blatt abriss. Ich blieb stehen und stützte die Ellbogen auf den Tisch. Ich spürte ihren Blick auf mir, während ich schrieb, kümmerte mich aber nicht darum.

»Gib es ihr, wenn du sie siehst«, sagte ich und faltete das Blatt vierfach zusammen.

Sie befahl mir, es auf den Tisch zu legen.

»Gib es ihr«, wiederholte ich und drückte es ihr in die Hand, »es ist sehr wichtig.«

Wir sahen uns noch eine Weile stumm an. Bald wurde das Schweigen unerträglich, also vertilgten wir den letzten Bissen vom Brot und gingen.

Als ich Vater davon erzählte, sagte er zu mir: »Kindchen, wir tun gut daran hierzubleiben. Es macht nichts, dass wir jetzt wenig zu essen haben, es wird besser werden. Die Häuser, in denen wir wohnen, gehören uns, wir dürfen sie auf keinen Fall verlassen.«

»Bist du sicher, Vater? Einem anderen, der nicht wegwill, haben sie den Stall angezündet, sie haben Michael verprügelt, sie warten nur darauf, dass ich Marica zur Schule schicke, um es mit ihr genauso zu machen. Viele reden nicht mehr mit Erich.«

»Ich weiß, Trina, aber das geht vorbei. Der Faschismus wird enden, diese Leute werden wegziehen, und wir werden wieder unser gewohntes Leben führen.«

Mit Vater zu sprechen beruhigte mich. Auch Erich, fand ich, sollte mit ihm sprechen, anstatt sich wie ein Verbannter immer im Haus zu verkriechen. Bei meiner Rückkehr traf ich ihn wie so oft im Zimmer an, wo er auf und ab ging und dabei grimmig mit den Füßen aufstampfte.

»Draußen vor dem Dorf sind wieder Ingenieure und Bauarbeiter eingetroffen«, sagte er grußlos. »Die ganze Nacht sind Männer und Lastwagen gekommen. Sie haben Graun lang und breit vermessen, haben Bodenproben genommen, die Position des Staudamms markiert. Bald werden sie mit dem Bau beginnen. Ich weiß nicht, ob es im Dorf jemand bemerkt hat oder ob es allen egal ist, weil sie sowieso beschlossen haben wegzugehen.«

12

An dem Abend kam ich später heim. Draußen in der Dunkelheit schimmerte der Schnee im Mondschein. In der Schreinerei hatten wir das Mobiliar einer Trattoria ausgeliefert. Monatelang hatten die Arbeiter schwer geschuftet. Der Wirt war mit seinen Söhnen gekommen, sie hatten die Möbel eingeladen, und darüber war es Abend geworden. Ich fror auf meinem Fahrrad – da am Morgen die Sonne geschienen hatte, war ich ohne Schal und Mütze unterwegs. Bei Vater war ich auch noch vorbeigegangen, um ihm zu sagen, dass alles gut geklappt hatte. Er war vor dem Kamin eingenickt und schnarchte leise. Ich klopfte ihm auf die Schulter. Er lächelte mich mit seinen morschen Zähnen an und erzählte, Michael sei da gewesen und sie hätten Karten gespielt. Ich wollte rasch nach Hause, doch Vater hörte nicht auf zu fragen, wie das Geschäft gelaufen sei, ob ich das Geld erhalten hätte, wer gekommen sei, um die Sachen abzuholen, wie Theo und Gustav gearbeitet hätten und so weiter. Mutter stellte mir einen Teller Spätzle vor die Nase, und da ich fröstelte, blieb ich zum Essen. Erich verschlang sowieso gleich beim Heimkommen das Erste, was ihm in die Finger fiel, und wir aßen abends selten alle zusammen.

»Ist die Kleine bei deiner Schwägerin?«, fragte mich Mutter, ohne mit der Handarbeit innezuhalten. Weihnachten nahte, und wie jedes Jahr strickte sie neue Pullover für euch.

»Heute ja.«

»Dann iss doch in Ruhe.«

Es war spät, das stimmt, aber nicht zu spät. So etwa halb neun, vielleicht auch neun. Draußen funkelten die Sterne. Auch am nächsten Tag würde die Sonne scheinen, und ich würde, zerstreut wie immer, erneut ohne Schal das Haus verlassen und dann auf dem Heimweg frieren. Mutter lieh mir den ihren, legte ihn mir um den Hals, bevor sie mir flüchtig gute Nacht sagte und die Tür schloss.

Ich radelte zu Anitas Hof. Das Licht brannte.

»Michael ist bei Erich, Marica ist hier eingeschlafen«, sagte sie gähnend. »Wir haben versucht, sie zu wecken, aber sie wollte nichts davon wissen.«

Anita bat mich nicht herein. Wir standen auf der Schwelle, unter den flimmernden Sternen.

»Hat sie gegessen?«, fragte ich.

»Ja, Polenta mit Milch, das isst sie doch so gern.«

Und Anita schenkte mir ihr übliches Lächeln, erfüllt von einer Ruhe, die ich nicht finden konnte. Es freute mich, wenn du Polenta mit Milch essen wolltest, es bedeutete, dass du das, was es auch bei uns gab, nicht verachtetest.

In der Ferne sahen wir jemanden, der Sachen hin und her räumte und einen Wagen belud. Ein weiterer Hof würde leer stehen.

Als ich heimkam, schliefen Erich und Michael schon. Ich schlüpfte ins Bett und dachte, dass es vielleicht die falsche Entscheidung gewesen war, denn sonntags frühstückten wir immer gemütlich zusammen. Erich machte dann heiße Milch für alle, und das war einer der schönsten Augenblicke der Woche. Michael spielte den Clown, sprach mit vollem Mund, und du fandest es lustig, deine Polenta in seine Schüssel zu tunken.

»Ist Marica dortgeblieben?«, fragte mich Erich.

»Ja. Anita hat gesagt, sie hätten probiert, sie zu wecken, aber sie war zu müde.«

Er drehte sich auf die andere Seite. Eine Minute später schnarchte er wieder. Ich weiß nicht, ob ich kein Auge zugetan habe, weil du bei Anita und Lorenz warst oder weil ich mittlerweile in der Angst lebte, dass die Optanten uns den Stall anzünden oder unser Vieh töten könnten. Ich hörte, wie das Dorf langsam erwachte. Den ersten Glockenschlag.

Ich sah über den Bergen die Sonne aufgehen und wälzte mich im Bett hin und her. Heute mache ich die Milch warm, dachte ich, während ich überlegte, unter welchem Vorwand ich dich abholen könnte. Wenn ich wartete, würdest du bestimmt nicht vor dem Mittagessen nach Hause kommen. Es ging dir gut bei ihnen, sie verwöhnten dich, überschütteten dich mit Geschenken. Solchen, die wir dir nicht machen konnten.

Als das erste Tageslicht ins Zimmer drang, wachte Erich auf und begann, leise mit mir zu sprechen. Draußen lag hoher Schnee. Als ich ihn fragte: »Gehst du Marica holen?«, sagte er, wir sollten dich noch eine Weile schlafen lassen, und machte dann das Frühstück. Wir haben zu dritt gegessen. Vielleicht haben wir gewartet, weil es selten vorkam, dass wir mit Michael allein waren. So stand er für einmal im Mittelpunkt und genoss es sichtlich. Um neun Uhr machte ich mich fertig, zog den braunen Rock an, den du so gern mochtest, band mir die Haare zusammen und ging los. Die beiden saßen noch am Tisch und aßen weiter Polenta.

Als ich vor dem Haus stand, fiel es mir wie Schuppen von den Augen. Die Türen waren nur angelehnt, die Fenster nicht verriegelt. Auf dem Boden lag ein umgedrehter Hut voller Schneeflocken. Vor mir sah ich die ganze Dunkelheit und Leere, die in diesem Haus herrschen mussten. Ich hatte nicht einmal den Mut, es zu betreten. Ich rannte zu Erich und schleppte ihn hin. Auch Michael kam mit und schrie in den verlassenen Räumen deinen Namen. Ich ballte die Fäuste, versuchte, mir Tränen abzupressen, aber sie kamen nicht. Ich begann gegen die Wände zu hämmern, bis meine Hände schmerzten, kratzte, bis die Fingernägel splitterten. Schließlich zog Erich mich fort.

Leute kamen aus den benachbarten Höfen zu uns. Ich rief ständig Michael zu mir, wollte ihn in meiner Nähe aus Angst, auch er könnte mir weggenommen werden. Sie legten mich aufs Bett, zogen mir die verdreckten Schuhe aus. Ich hielt mir die Hände aufs Gesicht, das weiße Licht, das ins Zimmer drang, blendete mich. Plötzlich saß Mutter an meinem Bett, als läge ich im Sterben. Erich sagte immer wieder, ich solle mich beruhigen.

Es wurde Abend. Dann Nacht. Wer behauptet hatte, ihr wärt noch in der Nähe, sagte nichts mehr. Wer behauptet hatte, ihr kämt zurück, sagte nichts mehr. Ein Dutzend Männer ging los, um dich zu suchen. Erich radelte bis nach Mals. Er sprach in der Casa del Fascio vor. Als er zurückkehrte, war es wieder Tag, er war leichenblass, und es kam mir vor, als kämpfte er allein gegen die ganze Welt.

Ich saß da und starrte ins Leere. Meine Kehle war wie ausgebrannt, und ich unterdrückte den Husten. Ich kniff die Augen zusammen, um die Worte nicht zu hören, die mir gesagt wurden, denn ich kannte sie längst: »Aus den Registern geht hervor, dass sie für das Reich optiert haben. Ihr Zug ist schon losgefahren.«

ZWEITER TEIL
Auf der Flucht

I

Ich werde dir nicht deine Abwesenheit schildern. Ich werde kein Wort verlieren über die Jahre der Suche nach dir, über meine Tage auf der Türschwelle, den Blick starr auf die Straße gerichtet. Ich werde dir nicht erzählen, wie dein Vater eines Tages das Haus verlässt, ohne sich von mir zu verabschieden. Am Bahnhof in Bozen schnappen sie ihn, als er versucht, in einen Güterzug nach Berlin zu steigen. Die italienische Polizei sperrt ihn erst in eine Zelle und verspricht ihm dann, dass sie ihm seine Marica zurückbringen werden. Einige Tage später versucht er, die Grenze zu Fuß zu überqueren. Das Licht der Taschenlampen im Gesicht blendet ihn, doch beim »Halt!« der Wachen bleibt er nicht stehen. Eine Kugel streift ihn. Am Nachmittag klopfen einige Militärs in mausgrauen Mänteln an die Tür, die Dienstgrade an die Brust geheftet. Bevor sie Erich ins Haus stoßen, drohen sie, ihn in die Irrenanstalt von Pergine einzuweisen, die Hitler später räumen lässt, um die Insassen ins KZ zu deportieren und mit

Gas zu ermorden. Ich werde dir nichts von Michael erzählen, der in jenen Tagen mit einem Foto von dir herumläuft – einem Foto vom letzten Jahr, mit Pferdeschwanz, wie du ihn nicht mehr trugst – und tagelang zusammen mit einer Bande von Rotzbengeln durch die umliegenden Dörfer zieht, um es allen unter die Nase zu halten. Ich werde dir nichts über die Monate sagen, in denen jeder von uns plötzlich davonlief, ohne den anderen Bescheid zu sagen, und beim Anblick des leeren Hauses dachte, dass der Wald uns früher oder später verschlingen würde. Für immer in dem sinnlosen Versuch gefangen, dich zurückzuholen. An diesen Ort, wo du nicht mehr bleiben wolltest.

Eines Morgens eilt mir der Postbote mit einem Brief entgegen. Auf dem Umschlag steht nur mein Name. Keine Briefmarke, kein Stempel. Die Schrift kenne ich, es ist deine.

»Jemand hat ihn bei der Post vor die Tür gelegt«, sagt er, ohne mich anzuschauen.

»Wer denn?«, frage ich, als ich ihn ihm aus der Hand reiße.

»Das weiß ich nicht.«

Ich versuche, das Zittern meiner Hände zu bändigen. Ich weiß nicht, warum ich an Mutter denken muss, die meine Briefe mit dem heißen Bügeleisen öffnete, um nachzusehen, ob sie von einer Freundin oder von einem Mann stammten.

Liebe Mama,
ich schreibe Dir, während ich allein in meinem Zimmer sitze. Ich war es, die mit Onkel und Tante weggehen wollte. Wir wussten, dass ihr das nie erlaubt hättet, deswegen sind wir geflohen. Hier in der Stadt kann ich studieren und ein besserer Mensch werden. Seid nicht traurig, denn mir geht es gut, und eines Tages komme ich nach Graun zurück. Mach Dir keine Sorgen, falls der Krieg noch lange dauert, hier bin ich in Sicherheit. Wenn ich an eure Tür klopfen werde, hoffe ich, dass Ihr, Du, Papa und Michael, mich immer noch liebhaben werdet. Tante und Onkel lassen es mir an nichts fehlen. Verzeiht ihnen, wenn Ihr könnt. Und verzeiht auch mir.
Marica

Von dem Tag an verändert sich der Schmerz. Michael zerreißt dein Foto und verlangt, dass wir ihm nichts mehr von dir erzählen. Dich nicht einmal erwähnen. Erich hört auf herumzuirren, er versucht nicht mehr auszuwandern und auch nicht, dich wiederzufinden. Er steht rauchend am Fenster und geht nicht einmal mehr hinunter, um die Tiere zu füttern. Morgens öffnet er es und abends schließt er es wieder. Zwischen diesen zwei Handgriffen geschieht nichts. Ich bleibe bei angelehnten Fensterläden im Bett liegen, die Tür verschlossen. Ich habe keine Tränen mehr in mir. Ruhelos lasse ich immer wieder diese Nacht Revue passieren. Ich frage mich, wie es sein konnte, dass ich deine Stimme nicht gehört habe, die Schritte dieser miesen Leute, das Geräusch, das die Sachen machen, wenn sie auf den Wagen geladen werden, das ungeduldige Schnauben der Pferde oder das Dröhnen eines anfahrenden Autos. Wie es möglich ist, dass niemand in ganz Graun euch gehört hat. Warst du wach oder haben sie dich schlafend hinausgetragen? Wolltest du weg oder haben sie dich gezwungen? Hast du diesen Brief geschrieben oder haben sie dich dazu genötigt?

Eines Tages klopft Vater an die Tür und sagt, ich solle ihm eine Prise Tabak kaufen gehen. Wortlos stellt er sich neben Erich. Still stehen sie am Fenster und sehen den Wolken nach. Dann nimmt er ihn am Arm und führt ihn in den Stall, um das Vieh zu füttern. Er lässt ihn die Tiere streicheln, eines nach dem anderen. Bevor er heimgeht, kommt er zu mir, befiehlt mir, das Abendessen zu kochen und den Tisch zu decken. Neben das Spülbecken stellt er einen Korb mit Fleisch, Brot und Wein.

Der Schmerz macht einen schwindlig. Er ist vertraut und gleichzeitig verboten, etwas, worüber man nicht spricht. Manchmal kommt es vor, dass uns die Worte des Briefes entfallen, dann versuchen wir auch noch nach Jahren, dich wiederzufinden, dabei wissen wir längst, dass diese einsame Suche nach dir nur einer verlorenen Hoffnung geschuldet ist.

Nein, du verdienst es nicht, diese dunklen Tage kennenzulernen. Du verdienst es nicht zu wissen, wie laut wir deinen Namen gerufen haben. Wie oft wir uns eingebildet haben, auf dem richtigen Weg zu sein. Es gibt keinen Grund, um diese Geschichte in Worten noch einmal aufleben zu lassen. Stattdessen werde ich dir von unserem Leben erzählen, davon, wie wir überlebt haben. Ich werde dir berichten, was sich hier in Graun abgespielt hat. An dem Ort, den es nicht mehr gibt.

2

Der Krieg brach aus. Viele von denen, die beschlossen hatten, nach Deutschland zu gehen, blieben am Ende doch hier. Die Angst vor dem Unbekannten, die Propagandalügen und Hitlers Raserei hielten sie in Graun fest.

Die Januartage waren trüb und lichtlos. Sie begannen alle mit langen, grauen Morgendämmerungen. Man sah den weißen Gipfel des Ortlers und weiter unten die Baumwipfel, über die ein eisiger Wind fegte. Die Leute im Dorf schienen nicht besorgt zu sein, nur müder. Sie waren die Faschisten leid, waren es leid, im Dunkeln zu tappen.

Ich nähte zusammen mit Mutter, die mich jetzt nie mehr allein ließ. Sie brachte mir auch das Stricken bei, und Ellbogen an Ellbogen saßen wir stundenlang in der Küche auf Stühlen, deren Strohgeflecht hätte erneuert werden müssen, was ich immer wieder vergaß. Wenn es nichts zu nähen gab, setzte sie mir einen großen Korb auf den Kopf und ging mit mir an den Fluss, um die Wäsche des Bankdirektors zu waschen. Wenn ich verloren ins Leere starrte, sagte sie, ich müsse die Wäsche fester auswringen, bis die schlimmen Gedanken herausgepresst seien.

»Es wird schon seinen Grund haben, wenn Gott uns die Augen vorne eingesetzt hat! Das ist die Richtung, in die wir schauen müssen, sonst hätten wir die Augen an der Seite wie die Fische!«, mahnte sie mich streng.

Für sie, die mit neun Jahren schon auf dem Feld gearbeitet und die Abende damit verbracht hatte, Obstkisten zusammenzunageln, warst du nur eine Egoistin, die sich für die mit mehr Geld entschieden hatte.

Eine Komplizin.

Alle glaubten, es würde so sein wie 1915, als Italiener und Österreicher sich im Karst gegenseitig umbrachten, während man hier in Graun wie gewohnt Heu machte, Gras mähte und es zum Trocknen auf den Mauern ausbreitete, die Kühe auf die Alm trieb, die Eimer mit Milch füllte, aus der man Käse machte, Schweine schlachtete und tagelang Würste und Salami aß. Auch die Kinder der Armen gingen damals weiterhin über die Grenze, um sich gegen ein Paar Schuhe, eine Handvoll Kleingeld, ein paar Kleidungsstücke als Hirtenjungen zu verdingen.

Und wie immer sehnten sich die Mütter nach ihnen und zählten die Tage bis St. Martin, wenn alle ins Dorf zurückkehrten und bis abends gefeiert wurde. Wir warteten, dass im Sommer der Schnee schmolz und dass der Alpenwind ihn dann wieder brachte, still und schwer.

Schweigend hatten wir unsere Toten beweint. Wir hatten die bittere Pille geschluckt, an der Seite der Österreicher zu kämpfen, um dann zu den Italienern zu zählen. All das hatten wir ertragen, weil wir überzeugt gewesen waren, dass es der letzte Krieg sein würde. Der Krieg, der alle anderen Kriege überflüssig machte. Deshalb waren wir im ersten Augenblick zwar bestürzt über die Nachricht eines weiteren Kriegs, mit dem machthungrigen Deutschland auf dem Vormarsch, gaben uns aber der Illusion hin, dass die Berge noch einmal unsere Abgeschiedenheit schützen würden, dass Italien, zu dem wir neuerdings gehörten, bis zum Ende neutral bleiben würde. Am Anfang löste die Nachricht vom Krieg im Dorf sogar eine gewisse Erleichterung aus: »Jetzt werden sie wenigstens mit dieser Geschichte vom Staudamm aufhören.« – »Jetzt müssen sie an andere Dinge denken.« – »Endlich sind unsere Kühe und unsere Höfe in Sicherheit.« So redeten die Männer im Wirtshaus und die Frauen vor der Kirche. In Graun gab es Leute, die den Kriegsausbruch feierten. Gerhard lief mit der Flasche herum, schwenkte sie und rief: »Krieg sei mit ihnen, Friede mit uns!«

Jetzt, da Hitlers Wehrmacht gen Osten marschierte, brüsteten sich die Dagebliebenen mit ihrer weisen Entscheidung. Sie stellten sich vor, wie die wenigen, die nach Deutschland ausgewandert waren, nun an vorderster Front kämpften oder wer weiß wo in Europa im Morast versanken.

Auch Italiener kamen, seit der Krieg ausgebrochen war, endlich keine mehr. Man sah noch immer die Mannschaftswagen der Carabinieri, ein hektisches Hin und Her von Militärfahrzeugen, das erahnen ließ, was alle am meisten fürchteten, doch arrogante Leute mit Koffer in der Hand wurden nicht mehr gesichtet.

Das erste Weihnachten ohne dich verbrachten wir mit Mutter und Vater, die uns mit Kartoffelnocken und Hühnerbrühe bewirteten. Wir aßen schweigend, noch nie hatte bei einem Festessen solche Stille geherrscht. Die Freunde und Kunden, die vorbeischauten, um uns ein frohes Fest zu wünschen, schickte Vater nach wenigen Minuten wieder fort. Wir hörten die Pfeifer, die im Tal durch die Dörfer zogen mit ihrer Musik, zu der ihr, du und dein Bruder, im vorigen Jahr noch unten auf der Straße mit den anderen Kindern getanzt habt. Mutter kochte, nähte, lief unermüdlich zum Fluss, ohne je innezuhalten. Ich weiß nicht, wo sie diese ganze Energie hernahm. Plötzlich kam sie mir nicht mehr alt vor. Manchmal, wenn wir allein waren, brach ich in Tränen aus, und sie nahm meine Hand. Nie habe ich mich mehr wie eine Tochter gefühlt als damals, nachdem du weggelaufen warst.

Auch dieser Winter verging. Im April funkelte die Sonne wie ein Kristall, und der Kaminkehrer ging von Haus zu Haus, um die Dachrinnen zu reinigen. Jetzt schürten wir nicht mehr unser Feuer, um das uns das ganze Dorf beneidete. Die anderen heizen mit Ästen und Reisig, wir mit dem guten Holz, das Michael aus Vaters Werkstatt mitbrachte. Er hatte das Handwerk gelernt und war nicht mehr zur Schule gegangen. Die Arbeiter sagten, für seine fünfzehn Jahre sei er schon ein ausgezeichneter Schreiner.

Die frostharten Felder begannen wieder zu grünen, aber es wurde immer mühsamer, von Viehzucht zu leben. Die frisch gemolkene Milch blieb tagelang in den Eimern stehen, und man konnte keinen einzigen Liter mehr verkaufen. Vor Wut trat Erich nach den Eimern, und ich sah stumm zu, wie der weißgefleckte Schlamm unter den Hufen der Kühe aufspritzte.

Ich kämmte weiter die Wolle, bündelte sie auf dem Boden zu Haufen. Ein alter Mann mit wässrigen Augen und krummen Schultern holte sie dann ab. Er bezahlte uns miserabel, aber wenigstens konnten wir im Warmen bleiben. Aus der Wolle machte er Uniformen und Zubehör für Soldaten.

»Wenn Italien in den Krieg eintritt, wird es mehr Arbeit geben«, sagte er, während er die Wolle auf seinen Motorkarren lud.

»Und wann beabsichtigt Italien diesen Kriegseintritt?«, fragte Mutter hitzig, als würde der Alte das entscheiden.

Der Mann verzog sein schiefes Gesicht und setzte das Dreirad in Bewegung, das auf der Straße mit seinem muffigen Geruch die Luft verpestete.

Doch ganz abgesehen von dem, was der Alte sagte, waren viele Straßen nicht mehr befahrbar, weil sie von Kontrollposten blockiert wurden, und Tag für Tag, Stunde für Stunde, merkten auch wir, dass der Krieg immer näher rückte. Abends glichen die Flugzeuge hinter den Bergen Hornissenschwärmen, und Mutter meinte, wir sollten uns in den Stall flüchten, wo sie eine Kiste mit Stroh und Decken ausgepolstert hatte.

»Die Bomben können aus Versehen auch auf Graun fallen, so nah, wie es an Österreich liegt!«, wiederholte sie voller Panik.

»Geh du in den Stall, ich will in meinem Bett sterben, nicht in dem Gestank nach Scheiße!«, schrie Vater sie mit seiner immer rauheren Stimme an.

Eines Morgens wartete ich vergebens auf Mutter. Um die Mittagszeit ging ich zu ihrem Haus. Die Tür stand offen, und am Ofen war niemand. Ich rief sie, doch sie kam mir nicht entgegen und antwortete auch nicht. Ich rief noch einmal, lauter, und starrte wie betäubt auf die Kupferkessel an der Wand. Als ich mich entschloss, ins Schlafzimmer zu gehen, fand ich sie auf dem Bett, an Vater geschmiegt, der schon seinen blauen Anzug trug, denselben, den er auch bei meiner Hochzeit angezogen hatte. Sie hatte ihn rasiert und ihm die Haare gekämmt. Leise weinend klammerte sie sich an seine Schulter, und wenn das Weinen lauter wurde, nahm sie seinen Kopf zwischen die Hände, als wäre es der eines Sperlings.

»Er ist im Schlaf gestorben.«

»Warum hast du mich nicht gerufen?«

»Heute Nacht ist er gestorben«, sagte sie, ohne auf mich zu hören.

»Warum hast du mich nicht gerufen?«, wiederholte ich.

Als sie sich endlich umdrehte, griff sie nach meiner Hand und legte sie auf die von Vater, die noch warm war. Sie rückte noch näher zu ihm, und irgendwie fand ich mich auf einmal auf einer Ecke des Bettes liegend wieder. Mutters Kleider rochen nach Herdasche. Ich lauschte ihrem Weinen, und ab und zu fasste ich Mut und tastete erneut nach Vaters Hand, die kälter wurde.

Bei der Beerdigung trugen Theo und Gustav den Sarg zusammen mit Erich und dem Peppi. Michael war stolz darauf, dass er ihn gebaut hatte. »Da drin schläft Großvater den Schlaf des Gerechten«, sagte er zu mir.

3

Im Frühjahr 1940 hing eines Morgens eine Bekanntmachung draußen am Rathaus. Wie üblich war der Text italienisch, und die Leute, die näher kamen, rümpften die Nase. Manche blieben stehen, um einen Blick daraufzuwerfen, versetzten murrend einem Kiesel einen Tritt und zogen dann mit ihrem heubeladenen Karren oder ihren vollen Milcheimern weiter. Wenige in Graun konnten lesen, aber keiner verstand diese Sprache, die nur die Sprache des Hasses war.

Mit raschen Schritten trat Erich ins Haus und zerrte mich hinaus. Ich ging langsam, denn die Sonne blendete mich, und er zog so stark, dass ich beinahe hingefallen wäre. Vor dem Schaukasten des Rathauses befahl er mir, ihm vorzulesen, was da geschrieben stand. Es war eine undankbare Aufgabe, diese Wörter, die er nicht hören wollte, laut auszusprechen und sie dann auch noch übersetzen zu müssen. Da stand, diese Mitteilung würde acht Tage lang aushängen, danach würde sie entfernt. Da stand, es handle sich um eine offizielle Bekanntmachung, die wir zur Kenntnis nehmen müssten. Und dann stand da noch, dass mit einem von der italienischen Regierung gebilligten Dekret die Genehmigung erteilt wurde, mit dem Bau des Staudamms zu beginnen.

Erich hörte mir stocksteif zu, die Augen zu Stecknadelköpfen verengt. Gebannt schaute ich ihn an, wie er auf diese Blätter voller unverständlicher Wörter starrte.

»Graun und Reschen wird es nicht mehr geben«, murmelte er, während er den Rauch seiner Zigarette schluckte.

Er begleitete mich nach Hause, dann sah ich ihn ins Tal hinuntergehen, und wieder kam er mir vor wie ein Gespenst, allein gegen die Welt. Als er am Abend zurückkehrte, setzte er sich völlig erschöpft hin, ohne die schlammverschmierten Schuhe auszuziehen. Erst trank er literweise Wasser, dann aß er Polenta mit Milch. Ich konnte sein Schweigen nicht durchdringen und wartete darauf, dass er mit mir sprechen würde, ich fühlte mich hilflos, wie wenn ich ohne Erfolg versuchte, ihn zu trösten.

»Sie vertrauen alle darauf, dass der Plan eh wieder geändert wird. Sie sagen, es wäre eine der üblichen Ankündigungen. Im Wirtshaus behauptet Karl, dass man mit dem Krieg vor der Tür sowieso nicht einfach anfangen kann, Staudämme zu bauen.«

»Vielleicht hat er recht«, antwortete ich.

»Lauter Idioten!«, brüllte Erich. »Alles nur Ausreden, damit sie nur ja keinen Finger rühren müssen!«

»Warum sagst du so etwas?«

»Die Faschisten und die Ingenieure der Montecatini wissen genau, dass Kriegsgefahr besteht, dass wir Männer bald eingezogen werden, dass hier niemand Italienisch kann und dass wir nur Bauern sind! Das ist der beste Augenblick, den muss man nutzen.«

Von Meran her kamen drei Lastwagen. Eisengraue Lastwagen mit riesigen Rädern, die Staubwolken aufwirbelten. Den ganzen Tag fuhren sie hektisch zwischen Graun und Reschen hin und her. Untereinander sprachen diese Unbekannten italienisch, fuchtelten mit den Armen, deuteten mit dem Finger in die Ferne, als verfolgten sie die Schwalben. Unsere Männer waren draußen auf dem Feld, und wir Frauen blieben auf der Schwelle stehen und beobachteten, wie sie in ihrer Sprache tuschelten. Manche ereiferten sich, als würden die Fremden in ihren Schubladen wühlen, denn das Dorf war so klein und alt, dass es wie ein Haus war. Wir sahen uns an, um uns Mut zu machen, dann schickten wir einen Buben los, er solle die Männer holen. Die

Bauern pfiffen weitere Bauern heran. Am Nachmittag hackte keiner mehr, die Ställe waren schon voll, und die zusammengepferchten Kühe gaben ein heiseres Muhen von sich. Erich kam als Letzter. Mit verschränkten Armen hörte er einem jungen Burschen zu, der versuchte, auf Italienisch zu fragen, was die Arbeiter da machten. Diese malten derweil mit Kalk, der am Schlamm haftete, Kreuze auf den Boden. Wenn sie in unsere Nähe kamen, überhörten sie geflissentlich unsere Worte, die ihnen lästig waren. Die Bauern warfen sich schräge Blicke zu und wurden mit der Zeit immer nervöser, rieben sich die Hände, ballten die Fäuste. Unsere Häuser, die Kirche, die Straßen, alles lag innerhalb dieser Striche, von denen wir nicht sicher wussten, was sie bedeuteten. Jenseits gab es nur noch die Berge und die windschiefen Lärchen.

Ein paar Abende später stiegen aus einem schwarzen Auto zwei Typen in Anzug und Krawatte aus. Der eine war schmächtig, der andere fett. Sie luden uns ins Wirtshaus ein, und wir alle hinterher wie die Schafe. Auf Deutsch bestellten sie für alle einen Krug Bier. Wir tranken, manche schüchtern, manche auf einen Zug.

»Die Regierung schickt uns, wir kommen aus Rom«, fuhren sie in unserer Sprache fort. »Sie haben einem alten Dekret zugestimmt, das den Bau des Staudamms vorsieht.«

»Es wird ein komplexes System von Staudämmen werden, das viele Dörfer im Tal betrifft.«

In einem steifen, präzisen Deutsch sagten sie immer nur wenige Wörter auf einmal, dann tranken sie einen Schluck Bier und wischten sich mit dem behaarten Handrücken den Schaum vom Mund. Ich hing an Erichs Arm, er hatte mich gebeten, nicht wegzugehen.

»Um wie viele Meter wollt ihr den Wasserstand erhöhen?«, fragte ein Bauer.

»Das wissen wir noch nicht.«

»Und wenn das Wasser über unsere Häuser steigt?«, fragte ein anderer.

»Dann bauen wir neue in der Nähe«, sagte der Schmächtige.

»Größer und moderner«, fügte der Fette hinzu, der einen schmalen Schnauzbart hatte und ausschaute, als gingen ihn seine eigenen Worte nichts an. »Ihr braucht euch aber jetzt gar nicht aufzuregen. Diese Arbeiten dauern Jahre, oft sogar Jahrzehnte.« Er blickte in sein Glas.

Sofort redeten alle Bauern durcheinander. Die unnahbaren Typen in ihren feinen Tuchanzügen lächelten über unsere ungehobelten Manieren. Sie warteten, bis der Lärm sich legte, dann fügten sie hinzu: »Wer sein Feld verliert, bekommt eine Entschädigung.«

Einer brüllte, seine Kühe fräßen keine Entschädigungen. Andere schlugen mit der Faust auf den Tisch und fluchten, ohne Felder und ohne Vieh würden sie verhungern.

»Und wenn wir eure Entschädigung nicht akzeptieren?«, fragte Erich.

Alle verstummten, als sie Erichs Stimme hörten. Die zwei leerten langsam ihre Krüge und zuckten mit den Schultern. Ausdruckslos sahen sie uns an. Nun herrschte eine angespannte Stille, ein falsches Wort hätte genügt, und sie wäre in eine Prügelei umgeschlagen. Sie wischten sich noch einmal mit dem Handrücken über den Mund, standen endlich auf und bahnten sich einen Weg durch das Gedränge.

Erst als die beiden schon vor dem Wirtshaus standen und uns der durchdringende Geruch von nasser Erde und Heu entgegenschlug, fand jemand den Mut, die Frage zu wiederholen. Bei dieser Luft mussten wir schlucken, beim Anblick des Kirchturms seufzten wir tief. Weiter weg sah man die Frauen mit den schlafenden Kindern im Arm an den Fenstern stehen, ganz nah an den Scheiben, die beschlagen waren von ihrem Atem.

Bevor er einstieg, sagte der Schmächtige noch:

»Wenn ihr die Entschädigung nicht akzeptiert, wird es Probleme geben.«

»Es gibt ein Gesetz, das Zwangsenteignung heißt«, verkündete der Fette noch, bevor er die Wagentür zuschlug.

Als das Auto anfuhr, duftete die Luft nicht mehr nach feuchter Erde und Heu, sondern stank nach Dieselöl. Wir blieben stehen und husteten, bis es hinter der Kurve verschwand.

Erich und ich gingen schweigend den schmalen Weg nach Hause. Die Nacht war sternenklar, der Mond hing am Himmel wie eine Laterne. Die Grillen zirpten im Chor.

»Eines Tages kommt es noch so weit, dass man jemanden umbringen muss, wenn man seine Würde wahren will«, sagte Erich und ließ ein Streichholz fallen.

4

Als der Podestà auf dem Dorfplatz die Erklärung des Kriegseintritts verlas, ging ich nicht hin. Ich blieb mit Mutter daheim, um die Wolle zu bündeln. Einige Wochen später fand der Sohn des Bäckers – einer der wenigen, die wie wir und Majas Familie beschlossen hatten zu bleiben – im Briefkasten den Einberufungsbefehl. Sofort verbreitete sich die Angst, zum verfluchten Königlichen Heer eingezogen zu werden. Wenn die Frauen einen Gemeindediener, ein Motorrad oder einen Jeep der Carabinieri kommen sahen, liefen sie wie Wachen auf die Straße hinaus, mit mehlbestäubten Händen und flüchtig geglätteten Haaren. Andere schlossen instinktiv die Fensterläden und verkrochen sich im Bett. Erich sagte, dass sie auch ihn bald holen würden.

Nun erschrak auch ich plötzlich bei jedem Panzerwagen, der das Tal durchquerte. Ich blieb auf der Schwelle stehen und musterte die Gesichter der auf den Lastwagen zusammengepferchten Soldaten, ihre quadratischen Kinnladen unter den Helmen, die in der Sonne glänzten, die steifen Hände auf dem geschulterten Maschinengewehr. Es waren finstere Gesichter, die durch die kurzen Haare und die glatte Rasur noch härter aussahen, und ich dachte, dass dies noch vor kurzem die Gesichter von jungen Burschen mit zerzaustem Schopf und Dreitagebart gewesen waren, die den Mädchen nachgeschaut hatten, ohne an den Krieg zu denken.

Erich sprach nicht, rauchte wie ein Schlot und atmete leise. Er hatte mehr Angst davor, uns alleinzulassen, als an die Front zu gehen.

»Wenn sie mich einziehen, musst du auf Michael aufpassen«, sagte er immer wieder vor dem Einschlafen zu mir. »Ohne an irgendetwas anderes zu denken.«

Das andere warst du.

Die Monate verstrichen träge und voller Besorgnis. Alle fühlten wir uns in eine unbestimmte, zermürbende Erwartung verstrickt und verkrochen uns in unseren Häusern. Vater fehlte mir, sein gutmütiges Lächeln, seine Fähigkeit, mich die Dinge aus einer anderen Perspektive betrachten zu lassen. Erich war nicht so. Für ihn war alles ein Nahkampf, und mutig war nur, wer sich verausgabte, selbst wenn die Niederlage schon vom Schicksal beschlossen war.

Michael wuchs langsam zu einem Mann heran, mit tiefer Stimme und breiten Schultern. Uns gegenüber entwickelte er ein seltsames Misstrauen. Wenn er von der Arbeit kam, zog er sich sofort um und trieb sich mit Burschen herum, die ich noch nie gesehen hatte und die nicht in Graun wohnten. Erich sagte mir, es seien lauter Nazis, und dieses Pack würde sich so bald wie nur möglich freiwillig zum Militär melden und grausamer und skrupelloser sein als die einfachen Soldaten.

»Was haben die Nazis dir denn getan? Findest du etwa Mussolinis Schwarzhemden besser?«, fragte ich.

Er schüttelte den Kopf und presste sich die Hände an die Schläfen. »Die werden alle ins Verderben stürzen, Trina.«

Wenn Michael das Haus verließ, bat ich ihn: »Sag mir doch wenigstens, wohin du gehst.«

»Raus«, antwortete er frech und sah mich auf eine Art an, die mir die Kraft nahm, noch weiter zu fragen.

In den Zeitungen, die im Herbst 1940 im Dorf ankamen, war die Rede von deutsch-italienischen Siegen, aber auch von einem noch langen Weg, um die Alliierten zu besiegen. Die faschistischen Offiziere gingen durchs Dorf und verteilten Einberufungsbescheide mit Vor- und Nachnamen der Betroffenen, und wenn sie uns Frauen antrafen, erklärten sie, dass Nichterscheinen die Erschießung des Deserteurs zur Folge habe. Die Soldaten, die man auf der Straße sah, hatten keine kindlichen Gesichter und keine quadratischen Kinnladen mehr, sondern plumpe Hände und finstere Augen, die einen zwangen, den Blick zu senken. Der Krieg hatte sie verändert.

An einem Oktobertag kamen sie auf unseren Hof. Der Himmel war klar, und das Dröhnen der Flugzeuge in der Ferne klang wie ein drohendes Gewitter. Sie waren zu zweit, und während sie mir Fragen stellten, spitzten sie die Ohren, ob sie aus den Zimmern Geräusche hörten.

»Wir suchen Erich Hauser.«

»Der ist nicht da«, erwiderte ich.

»Er muss sich auf dem Kommando von Mals melden.«

In der Nacht, bevor er aufbrach, wollte Erich mit mir schlafen, tat es aber hastig und ohne Hingabe. Danach lag er im dunklen Zimmer wach und rauchte.

»Pass auf Michael auf«, sagte er immer wieder.

Sie schickten ihn nach Cadore und von dort nach Albanien und weiter nach Griechenland, wo es den Halunken von Faschisten nicht gelang, ohne die

Hilfe der Deutschen auch nur das kleinste Fleckchen Erde zu erobern. Man behauptete, es sei eine leichte Front, doch sehr viele Soldaten fielen auf dem Feld oder kehrten verstümmelt heim.

Ab und zu erhielt ich einen Brief. Manchmal schwärzte die Zensur alles, und von einer ganzen Seite blieb nur die Schlusszeile lesbar. »Umarme Michael von mir. Dein Erich Hauser.«

Ich bat Mutter, zu mir zu ziehen. Sie legte Sohlen in Erichs Stiefel, damit sie mir passten, und wickelte mir morgens einen Schal um den Hals, der mir in voller Länge bis zu den Füßen reichte. Ich ließ die Kühe aus dem Stall und die wenigen Schafe, die uns geblieben waren, und trieb die Herde hinaus. Die Wiesen unten im Tal waren noch grün, und wenn man so umherzog, wollte man es nicht glauben, dass Krieg war und sie Erich eingezogen hatten. Auf der Weide begegnete ich Herden, die von daheimgebliebenen alten Männern getrieben wurden. So alt wie Mutter waren sie und hatten noch einmal alle Kraft zusammennehmen müssen, weil die Söhne an der Front waren und es keine anderen Männer gab, die Frauen und Kinder hätten beschützen können.

Wenn ich mich auf einen Felsen setzte, um mein Brot mit Käse zu verzehren, war mir, als wäre ich Erich und hätte dieselben Gedanken. Manchmal starrte ich so lange in den Himmel, bis ich überzeugt war, schon immer Bäuerin gewesen zu sein. Ich drehte mich um und betrachtete das kleine Dorf dort oben, und mich überkamen die gleichen Gefühle wie Erich: dass dies meine Heimat war, dass niemand mich verjagen konnte und dass ich nicht tatenlos zusehen konnte. Dass die Faschisten Schweine waren, weil sie uns ertränken wollten, uns in den Krieg hineingezogen und Barbara verschleppt hatten. Und dass die Nazis genauso Schweine waren, weil die uns gegeneinander aufgehetzt hatten und unsere Männer bloß als Kanonenfutter wollten.

Wenn das Licht schwand, trieb ich die Herde wieder bergan, zusammen mit Strupp, der inzwischen ein stumpfes Fell hatte und nicht mehr so schnell rannte wie früher. Manchmal blieb ich stehen und beobachtete von weitem die Arbeiter, die am Fluss außerhalb des Dorfes die Baustelle für den Staudamm vorbereiteten. Der Krieg hatte sie nicht gestoppt. Im Gegenteil, nun arbeiteten sie sogar bei Dunkelheit. Sie richteten riesige Scheinwerfer auf den Boden, und von weitem sah es aus, als stünde das ganze Areal in Flammen. Es waren Hunderte von Tagelöhnern, die in den Baracken der Montecatini wohnten. Sie hatten keinerlei Kontakt mit uns. Wie Maulwürfe waren sie. Sie luden Rohre ab, Mörtelsäcke und Schaufeln, es war ein ständiges Hin und Her von Lastwagen, Baggern und Raupenschleppern, die aussahen wie Ungeheuer. Das Tal war nicht mehr erfüllt vom Läuten der Kuhglocken und vom Rascheln des Grases. Der Lärm der Lastwagen und Traktoren hatte die Stille getötet.

In Graun redete niemand mehr vom Staudamm. Mit dem Fahrrad war man in einer halben Stunde am Fluss, doch niemand radelte je bis dorthin. Für die Bauern und Hirten gab es die Arbeiter einfach nicht. Die Alten behaupteten, es stimme nicht, dass dort unten Männer zugange seien.

»Stillschweigend lassen die Leute jeden Tag zu, dass das Grauen seinen Lauf nimmt«, hatte Erich schon wer weiß wie oft zu mir gesagt.

Seit er fort war, fühlte ich mich wie ein herrenloser Hund. Auch ich stank nach Stall und Schweiß, hatte schwielige Hände. Meine Verhaltensweisen waren schroff geworden. Ich sah nicht mehr in den Spiegel, trug immer denselben ausgeleierten Pullover, den Schal über der Nase, die Haare mit einem Holzstäbchen aufgesteckt.

Am Samstag klopften die Frauen mit den Briefen ihrer Männer an die Tür, und ich setzte mich an den Tisch, um sie ihnen vorzulesen. Ehrlich gesagt, gab es nicht viel zu lesen, weil die Zensur fast alles schwärzte. Doch die Frauen waren dickköpfig, rissen mir das Blatt aus der Hand, hielten es gegen das Licht und sagten, man erkenne doch Schriftzeichen. Um sie loszuwerden, fing ich dann zu erfinden an. Ich sagte, ihren Männern ginge es gut, sie bekämen jeden Tag zu essen und müssten nicht so oft in die Schlacht. Oder auch, sie wüssten zwar nicht, wo sie sich befänden, doch die Ration sei anständig und sie würden bald heimkehren. Ich schloss mit schmalzigen Liebeserklärungen, so dass die Frauen stolzgeschwellt nach Hause gingen. Eine namens Claudia riss die Augen auf und rief: »Die Front hat ihn romantisch gemacht.« Nachdenklich ging sie davon. Zum Dank schenkten die Frauen mir ein bisschen Kleingeld, das ich unbesehen nahm und Mutter aushändigte. Es ging mir nicht darum, Gutes zu tun.

War das Haus wieder leer, öffnete ich die Fenster und ließ frische Luft herein. Ich setzte mich auf den Stuhl und betrachtete das Zimmer. Wenn ich Lust bekam zu schreiben, schrieb ich nicht mehr an dich. Indem ich an deinen Vater schrieb, war mir, als würde ich dich auslöschen.

5

Mein Bruder Peppi schaffte es, nicht eingezogen zu werden. Nachdem er den Einberufungsbefehl bekommen hatte, aß er tagelang nur Lakritze. Bei der Untersuchung pisste er grün und hatte vierzig Fieber. Er ging als Maurer in die Nähe von Sondrio, der Peppi, in einen kleinen Betrieb für Fertigbauteile, die an Firmenstammsitze geliefert wurden. An einem Regentag besuchte er uns mit dem Bus. Er hatte ein zierliches Mädchen mit blauen Augen dabei. Sie hieß Irene, wie Mutter. Er sagte sofort, er wolle heiraten, woran ich inzwischen schon gar nicht mehr geglaubt hatte. Ich dachte, der Peppi wollte nur ziellos durch die Welt gondeln.

Bei der Hochzeit waren wir zu zehnt. An diesem Tag bat mich Mutter, ich solle mich schönmachen, und lieh mir die Perlenkette, die sie als Braut getragen hatte. In der Trattoria setzte ich mich neben sie, denn Irenes Familie sprach einen eigenartigen Dialekt, und bemühte mich, ihr das bisschen, das ich verstand, so gut wie möglich zu übersetzen.

Ich aß alles, aber nur, um mir den Magen zu füllen. Ich fühlte mich fremd und hätte mich am liebsten verdrückt. Der Gedanke an den Stall machte mich unruhig, und ich wollte schnellstmöglich wieder nach Hause kommen. Außerdem stimmten mich die Geranien im Saal melancholisch. Majas Gesicht und die Küsse von Barbara fielen mir ein. Und dass Erich am Tag unserer Hochzeit eine viel zu eng geknüpfte Fliege getragen hatte und ich es kaum erwarten konnte, sie ihm abzunehmen. Und auch du fielst mir ein, denn bei meiner Hochzeit warst du noch ein Wunsch, von dem ich gar nichts wusste.

Am Ende des Essens sagte mein Bruder, er sei wirklich froh, dass er Irene geheiratet habe, denn wer weiß, welch schlimmes Leben ihn ohne sie erwartet hätte. Ich frage mich, wie es sein kann, dass die Jahre verflogen sind und der Peppi und ich uns nie wie Geschwister verhalten haben. Unsere Zuneigung zueinander war immer abstrakt. Der Peppi sagte, er denke häufig an die Zeit zurück, als wir am Sonntag alle zusammen waren oder als er Mutter an ihren breiten Hüften kitzelte, weil sie nie zu seinen Kaspereien lachte. Er sagte auch, in Sondrio gehe es ihm gut und Graun fehle ihm gar nicht so sehr. »Ich arbeite gern als Maurer, Vater wäre stolz auf mich.«

»Er war sowieso stolz auf dich, du warst sein Liebling.«

»Erinnerst du dich, was für ein schroffer Mensch er war?«

»Aber er war doch so gutmütig.«

»Dir gegenüber vielleicht, zu mir war er eisern, von wegen gutmütig!«, rief er und lachte.

Am folgenden Tag begleitete ich ihn, um Blumen aufs Grab zu bringen. Unterwegs beruhigte er mich, Erich werde bestimmt bald heil und gesund zurückkehren, denn mit Hitler seien wir alle in Sicherheit, auch die italienischen Soldaten.

»Ich habe mich mit Lakritz vergiftet, weil ich ein Feigling bin, aber ich vertraue auf Hitler«, sagte er, während er Vaters Grabstein betrachtete.

»Wenn du zum Militär gegangen wärst, hätten sie auch dich nach Schlesien oder wer weiß wohin geschickt, wie die anderen, die '39 nach Deutschland gegangen sind.«

»Ich bin zuversichtlich, dass der Krieg für uns gut ausgeht«, wiederholte er, ohne meine Worte zu beachten.

»Da war er aber ganz anderer Ansicht«, erwiderte ich und zeigte auf Vaters Grab.

Als der Peppi zusammen mit Irene und ihrer Familie wieder in den Bus gestiegen war, ging ich in den Stall, um die Kühe zu melken, doch meine Hände schmerzten. Mutter half mir und sagte, so bekämen die Kühe Euterentzündung und würden sich vor Schmerzen auf die Erde werfen, und ihr Muhen würde uns mitten in der Nacht wecken. Daraufhin fing ich an, hektisch zuzudrücken, bis ich an meinen Handflächen keinen Schmerz mehr spürte. Mutter klopfte mir auf die Schulter und trieb mich an: »Los, Mädel, verlier dich nicht in deinen Gedanken!« Für sie waren die Gedanken die ärgsten Feinde.

Mittwochs besuchte mich Maja. Ich kam von den Bergen herunter, noch bevor der Schatten die Flanken des Ortlers hinaufgeklettert war, wischte mir den Schweiß ab und zog ein sauberes Kleid an. Mutter freute sich, wenn Maja mich besuchte. Sie schlug Sahne und tat uns einen Löffelvoll auf die Milch. »Esst sie ganz auf, morgen ist sie so fest, dass man sie mit dem Messer schneiden muss«, sagte sie.

Maja und ich fuhren mit dem Fahrrad an den Fluss. Die Baustelle zu überwachen war eine Art, mich Erich näher zu fühlen. Die Bagger hatten alles ausgerissen, Lärchen und Tannen niedergewalzt und ein riesiges Becken gegraben. Die Lastwagen fuhren unablässig zwischen Langtaufers und der Baustelle hin und her, beladen mit Erde und Steinen aus dem Steinbruch, die sie dann in den Löchern aufhäuften. Jetzt fiel es schon leichter, sich den Staudamm vorzustellen. In St. Valentin hatte man eine riesige Talsperre errichtet und ein Wasserreservoir geschaffen, aus dem die Kraftwerke von Glurns und Kastelbell gespeist wurden. Maja und ich sahen uns stumm an. Wir beobachteten die Arbeiter, wie sie fleißig wie Bienen herumschwirrten und das Gebiet markierten, wo dann die Bagger entlangfuhren und Staubwolken aufwirbelten. Wenn wir versuchten, ein paar Fragen zu stellen, zogen die wachhabenden Carabinieri die Augenbrauen hoch, ohne zu antworten. An einem sonnigen Sonntag waren wir den ganzen Tag unterwegs, radelten gemütlich bis Glurns, und auch dort wimmelte es von Baustellen und Maschinen und Hunderten von Arbeitern, die mechanisch die gleichen Bewegungen ausführten. Das ganze Tal schien in Geiselhaft zu sein. Vor unseren Augen, und wir schwiegen dazu.

Auf dem Heimweg sagte ich zu Maja, sicher seien diese Arbeiter arme Teufel, und um sich zu entscheiden, aus Venetien, aus den Abruzzen oder aus Kalabrien bis hier heraufzukommen, müssten sie wohl kurz vor dem Verhungern gewesen sein, bestimmt seien sie froh, den Staudamm zu bauen. Da wurde Maja nachdenklich und zog die Mundwinkel hinunter.

»Hier weiß man überhaupt nicht mehr, mit wem man sich jetzt anlegen soll«, knurrte sie.

Wir besichtigten die Baustelle regelmäßig, bis es wieder Winter wurde und wir auf den Straßen kaum mehr Fahrrad fahren konnten. Man schlitterte in jeder Kurve, und die Reifen rutschten ständig weg. Am Ende machten wir eine Schneeballschlacht und lachten, wenn wir den Schnee unter die Kleider sickern fühlten. Jeden Wurf begleiteten wir mit einem Ruf: »Scheißkrieg!«, »Scheißfaschisten!«, »Scheißstaudamm!«, und hörten erst auf, wenn unsere Arme schmerzten und die Finger eiskalt waren.

Ich war eine Stubenhockerin, aber Maja wollte auch im Winter hinaus. Sie spazierte gern über den zugefrorenen See. Mutter ließ mir nicht einmal die Zeit, es mir zu überlegen, sondern scheuchte mich nach draußen wie eine Maus aus dem Stall.

»Raus mit euch, ich muss den Fußboden schrubben, und ihr stört mich bloß!«, sagte sie.

Ich verließ das Haus nur, um ihr eine Freude zu machen, doch kaum war ich draußen, bat ich Maja, mich mit zu sich zu nehmen, denn den zugefrorenen See wollte ich überhaupt nicht sehen. Ich brauchte ihn nur anzuschauen, schon träumte ich nachts, ihn mit dir zu überqueren. Es war ein wunderschöner Traum, aber ich fürchtete mich davor, ihn wieder zu träumen. Du und ich, Hand in Hand, bis das Eis bricht und wir versinken. Wir kommen aber nicht um. Eine lauwarme Flüssigkeit umhüllt uns. Wir schwimmen schwerelos und werden eine für die andere wieder die ganze Welt.

Bei Maja zu Haus setzten wir uns vor den summenden Ofen. Sie warf ein paar Zweige ins Feuer, und ganz allmählich fühlte ich das Blut wieder kreisen bis in die Fingerspitzen. Wenn sie die Flamme anfachte, fiel ein flackerndes Licht auf die Wände und beleuchtete ihre zerzausten Haare. Mit Maja konnte ich über dich sprechen. Ich erzählte ihr, wie eigensinnig du warst, was du schon als Zehnjährige für spitze Antworten geben konntest.

»Jetzt würde ich sie auf der Straße nicht mehr erkennen, sie wird eine Frau geworden sein und ihre Kindheit längst vergessen haben«, sagte ich, seltsam beschämt, zu ihr.

Maja hörte schweigend zu, seufzte mit zurückgelegtem Kopf. Wenn ich ihr Schweigen nicht mehr aushielt, drückte ich ihr deinen Brief in die Hand, und dann sagte sie, ich solle ihn endlich wegschmeißen, diesen verdammten Brief. Wenn ich sie bat, mich für meine Schuld zu tadeln, antwortete sie, das Leben sei ein Aufeinandertreffen von Zufällen und es sei sinnlos, von Schuld zu sprechen. Dann stand sie abrupt auf, tätschelte mir das Gesicht und sagte, ich solle ihr helfen, den Knödelteig zuzubereiten oder Apfelkompott zu kochen.

Doch eines Tages unterbrach sie mich abrupt und sagte, sie habe mein Gejammer satt und halte mich nicht mehr aus.

»Man muss dem Leiden auf den Grund gehen, tiefer, als du es tust!«, schrie sie. »Man muss an den Punkt kommen, an dem man sein Leben wegschmeißen will, erst dann kann man wieder Frieden finden! Weißt du denn nicht, dass ein Kind zu bekommen bedeutet, die größten Schmerzen in Kauf zu nehmen? Muss ausgerechnet ich dir erklären, dass Kinder ein Eigenleben haben? Du hast ja wenigstens welche, für mich ist es zu spät, und wenn ich alt bin, wird mich niemand besuchen kommen, und ich werde stumpf in die Flamme des Ofens starren!«

Ich sah still zu, wie sie weinte vor Wut, dabei wäre ich am liebsten davongelaufen. Doch als ich aufstand, baute sie sich vor der Türe auf und sagte mit gesenktem Kopf: »Entschuldige, Trina, das wollte ich nicht. Aber über deine Tochter darfst du vielleicht nicht mehr mit mir reden, denn ich kann dich nicht trösten.«

6

Anfang 1942 bekam ich keine Briefe mehr. In manchen Nächten träumte ich, ich sähe Erich gemeinsam mit dir zurückkehren. Hand in Hand kamt ihr die Straße entlang, die von der Schweiz herführt.

Mir war, als hätte ich schon immer so gelebt. Als hätte ich schon immer das Vieh hinausgetrieben, den Gemüsegarten umgegraben, die Wolle gekämmt und alle anderen Entscheidungen Michael überlassen, der das Geld heimbrachte und gern einmal ein Machtwort sprach. In Wirklichkeit war jedoch auch er ein armer Kerl, von morgens bis abends im Holzstaub der Werkstatt eingesperrt, der ihm in die Lunge drang. In seiner Brieftasche hatte ich ein Bild des Führers gefunden.

Einmal im Monat trafen sich die Frauen, deren Männer oder Söhne an der Front waren. Mutter zuliebe zog ich die Jacke an und tapste schwerfällig wie ein Bär los. Bei der einen oder anderen zu Haus tat man nichts als beten, oder ich musste immer wieder die Briefe vorlesen, die sie mir unter die Nase hielten und in denen nichts stand. Danach war ich wie betäubt und konnte es kaum erwarten, wieder meinen Stall auszumisten und in Ruhe die Kühe zu melken. Allmählich war ich überzeugt, es sei besser, wenn ich mir Erich tot vorstellte, dann würde ich mich umso mehr freuen, wenn er zurückkäme. Mit dir oder ohne dich.

Der Alte, der gewöhnlich die Wollhaufen abholte, begann seinen Sohn zu schicken. Einen großen, hageren Jungen, dessen Schulterblätter unter dem Pullover hervorstanden. Sein Blick war sanftmütig, und er nannte mich immer beim Namen. Er war jünger als ich, sein Gesicht war noch ein wenig unreif. Mit der Zeit gewöhnte er sich an, ins Haus heraufzukommen, und versuchte jedes Mal, das Gespräch in die Länge zu ziehen, auch wenn er nie wusste, was er sagen sollte. Einmal bot Mutter ihm etwas Heißes zu trinken an, und kaum war sie in der Küche verschwunden, um das Wasser aufzustellen, legte er mir die Hand aufs Knie und sagte todernst, er wolle sich um mich kümmern. Ich musterte ihn ungerührt und starrte ihm direkt in die sanften Augen.

»Was soll das heißen, dich um mich kümmern?«
»Dass ich dir mehr für die Wolle bezahle. Zwei-, drei-, auch viermal so viel.«

Ich musste lachen und sagte, wenn er mir viermal so viel für die Wolle bezahlen wollte, hätte ich nichts dagegen, er könne gleich am selben Tag damit anfangen. Das verletzte ihn, sein Blick wurde flehend. Mit offenem Mund sah er mich unverwandt an, und ich wusste nicht, ob ich mich entschuldigen oder weiterlachen sollte, weil er so komisch war. Dann näherte er sich unvermittelt meinem Stuhl, legte mir erneut die Hand aufs Bein und sagte, dass er sich den Frauen gegenüber nie richtig ausdrücken könne.

»Soll ich dir beim Heuabladen helfen?«, fragte er, als Mutter die Tassen wieder wegtrug.

Das Heu abladen und in den Futtertrögen verteilen war eine Arbeit, die ich hasste, deshalb sagte ich ja. Sobald wir drinnen waren, verriegelte er die Tür. Neben dem Heuhaufen nahm er mich an den Schultern und küsste mein Gesicht ab. Mir schien er zu jung und zu mager, um mir etwas anzutun, also ließ ich mich küssen. Sein Mund schmeckte süß, und als ich einen anderen Atem, ein anderes Fleisch als das von Erich spürte, fühlte ich, dass mein Körper schon gierig darauf wartete, sich hinzugeben. Er legte mich ins Heu, küsste meinen Hals, drückte mit seinen von der Kälte rissigen Händen meine Brüste, dann war er im Nu auf mir, und während er in mich eindrang, sagte er, dass er mich liebe und sich um mich kümmern wolle. Ich hielt ihm den Mund zu, denn ich wollte nur die Wärme seines Körpers spüren, die Hitzigkeit eines sorglosen Buben, die spitzen Heuhalme, die sich in meinen Haaren verfingen und mich durch den Pullover hindurch pikten, in dem noch tagelang sein Geruch hängen bleiben würde.

»Das darf nicht mehr passieren«, sagte ich am Ende zu ihm.

»Nicht einmal, wenn dein Mann nicht aus dem Krieg zurückkommt?«

»Mein Mann kommt bestimmt zurück«, antwortete ich, als ich die Tür wieder öffnete, um ihn fortzujagen.

Da ich ihn nicht mehr herauflassen wollte, wartete ich von nun an vor der Tür und beobachtete die Straße mit einem verdrießlichen Gesicht, das gar nicht zu mir passte. Wenn der Motorkarren anhielt, machte ich ihnen ein Zeichen, dass sie nicht abzusteigen bräuchten. Sah mich der Alte dann gebeugt, mit der in eine Plane gepackten Wolle auf dem Rücken daherkommen, stieß er seinen Sohn kichernd mit dem Ellbogen in die Seite, und bei diesem Gemecker hätte ich ihm die Wolle vor Wut in den Mund stopfen können. Der Junge schaute mich betrübt an, doch nach einigen Wochen begann er, die Wollhaufen hastig aufzuladen und mir das Geld voll Verachtung in die Hand zu drücken, ohne mich eines Blickes zu würdigen. Auch Mutter sagte, es sei besser, keinen Mann mehr ins Haus zu lassen, weil sie im Krieg nur Böses im Schilde führten.

»Sie lassen uns allein, und dann beklagen sie sich, wenn bestimmte Dinge passieren«, wiederholte sie, während sie unbeirrt weiterstopfte. »Wie die Geier warten sie bloß darauf, dass du stolperst, damit sie dich für den Rest des Lebens wie eine Hure behandeln können.«

Als ich sie so reden hörte, war ich wie gelähmt und begriff nicht, ob sie das sagte, weil sie wusste, was ich im Heuschober getan hatte, oder ob es nur ihre Ängste waren. Ab und zu besuchte uns Anna, die Frau des Schmieds. Sie war eine große Frau mit schmalen Hüften und spitzem Kinn. Gewöhnlich kam sie, um nähen zu lernen. Eines Morgens jedoch erschien sie mit einem höchstens zehnjährigen Rotzbengel an der Hand.

»Das ist mein Jüngster«, sagte sie auf der Schwelle. »Jedes Mal, wenn der Lehrer mit ihm spricht, antwortet er auf Deutsch, und jetzt sind seine Handflächen schon ganz wund und gerötet von den vielen Stockschlägen.« Gewaltsam bog sie ihm die Finger auf, die der Bub zur Faust geballt hatte, als verberge er eine gestohlene Münze.

»Bring ihm ein bisschen Italienisch bei«, bat sie. »Wenigstens das Allernötigste, damit er keine Stockschläge mehr bekommt. Ich habe Angst, dass mein Mann früher oder später eine Dummheit macht.«

»Ich kann ihn nicht umsonst unterrichten«, erwiderte ich.

Sie nickte. »Geld habe ich keines, aber ich bringe dir Würste, Eier oder was ich sonst noch auftreibe.«

Mutter erschien an der Tür und schob dem Bub ein Zuckerbrot in die Hand, in das er sofort hineinbiss.

»Gebt uns einfach, was ihr könnt, mach dir keine Sorgen«, sagte Mutter kurz angebunden und bat sie herein.

Ich sah sie verblüfft an. Mutter behandelte mich noch immer wie ein Kind, obwohl ich längst eine erwachsene Frau war. Resolut und autoritär. Noch immer tauchte sie hinter mir auf, um mir aus der Patsche zu helfen. Und nicht, weil sie es gerne tat, sondern weil ich mir ihrer Meinung nach nicht den Luxus leisten konnte, so unentschieden zu sein.

»Wenn man die Unentschiedene spielen will, darf man eben keinen Bauern heiraten!«, spottete sie manchmal.

Italienisch zu unterrichten gefiel mir nicht sonderlich, doch wenn ich mit diesem lustlosen Rotzbengel, der dauernd abschweifte und mit den Füßen zappelte, als ob er Feuer in den Schuhen hätte, ein paar Stunden am Tisch saß, hatte ich endlich wieder das Gefühl, jemandem nützlich zu sein.

Eines Tages, als ich mich bemühte, ihm ein Gedicht beizubringen, dachte ich, wenn sie mir nicht eingeimpft hätten, es aus tiefstem Herzen zu verabscheuen, wäre es doch eigentlich eine schöne Sprache, das Italienische. Ich las vor, und mir war, als würde ich singen. Hätte ich es nicht automatisch mit diesen auftrumpfenden Faschistenschweinen in Verbindung gebracht, hätte ich vielleicht weiterhin die Lieder vor mich hin geträllert, die ich von Barbaras Grammophon kannte – *un bacio ti darò / se qui ritornerai / ma non ti bacerò / se alla guerra partirai* –, und vielleicht hätte Maja es ebenso gemacht und auch die Bauern, und das ganze Tal wäre im Lauf der Zeit ein Ort der Begegnung für Leute geworden, die sich auf mehrere Arten verständigen können, und nicht ein Problemherd Europas, wo sich alle schief ansehen. Stattdessen waren Italienisch und Deutsch Mauern, die immer höher wurden. Die Sprachen waren zu Rassenmerkmalen geworden. Die Diktatoren hatten sie in Waffen und Kriegserklärungen verwandelt.

7

Vor dem Hof hielt ein Militärwagen. Zwei Soldaten halfen ihm beim Aussteigen. Das eine Bein war eingegipst, und beim Gehen stützte er sich auf Krücken. Nach einigen Schritten fassten sie ihn unter den Achseln und setzten ihn auf die Schwelle. Eilig sagte Erich, er sei kein Invalide, sondern nur am Bein verwundet, und nach der Heilung werde er sofort an die Front zurückkehren. Die Soldaten nickten.

Als der Wagen wieder abfuhr, fragte Erich mich nach dir, und als er sah, dass ich den Kopf schüttelte, wechselte er hastig das Thema. »Glaub nur ja nicht, dass ich wieder kämpfen werde, Trina«, sagte er. »Ich werde nie mehr kämpfen. Wenn sie mich noch mal holen wollen, flüchte ich in die Berge.« Ungeschickt versuchte er sich zu erheben, denn er wollte das Haus wiedersehen. Sein Gesicht war gezeichnet, eine tiefe Falte durchschnitt seine Stirn. Ich konnte den Blick nicht von ihm abwenden. Ich fuhr ihm mit der Hand durch die schütter gewordenen blassblonden Haare. Seine Art jedoch war noch dieselbe. Die Finger, die unruhig auf den Tisch trommelten, sein jugendlicher Hunger, der ihn vier Stück Käse in wenigen Bissen verschlingen ließ. Mutter fing sofort zu kochen an und ging ohne ein Wort ein Suppenhuhn kaufen. Bei ihrer Rückkehr war Erich auf dem Stuhl eingenickt. Michael kam angerannt, jemand musste ihm Bescheid gesagt haben. Er stellte sich vor ihn hin, sah ihm beim Schlafen zu und schüttelte lächelnd den Kopf. Es war, als sei er der Vater und Erich der Sohn.

Dann wusch Michael sich im Zuber, kämmte sich vor dem Spiegel und zog seinen dunklen Pullover an, den für die Festtage. Ich wusch mich ebenfalls und entfernte das Holzstäbchen aus meinen krausen Haaren. Mutter legte die weiße Baumwolltischdecke auf. Die Leute, die aus den umliegenden Höfen kamen und den Heimkehrer sehen wollten, schickten wir wieder weg.

»Morgen, morgen!«, vertrösteten wir sie und verstellten ihnen die Tür.

Erich aß ganz schief und stützte seinen Kopf mit der Hand. Dauernd bat er mich, ihm Wein nachzuschenken, noch nie hatte ich ihn so gierig trinken sehen. Michael überschüttete ihn mit Fragen. Erich antwortete verärgert, er wolle in Frieden essen, vom Krieg zu reden schnüre ihm den Magen zu. Beim

Kauen verzog er vor Schmerz das Gesicht, und ich begriff, dass er trank, um die Wunde am Bein weniger zu spüren.

Als er in den Stall hinunterging, fand er die Tiere in schlechter Verfassung. Er sagte, eine Kuh habe kranke Augen, und die Schafe seien unterernährt.

»Ich will nicht mehr in den Krieg, Trina«, brummte er, während er den Kopf der Kuh tätschelte. »Nie mehr.«

Im Bett zeigte er mir die Wunde am Bein, aus dem sie ihm eine Kugel herausgeholt hatten. Wir redeten bis spät in die Nacht. Wir sprachen, als würden wir uns nicht mehr kennen. An dem Abend habe ich keine Sekunde an dich gedacht.

Als der Schmerz nachließ, wollte Erich als Erstes zur Baustelle des Staudamms hinunterwandern.

»Spinnst du?«, sagte ich. »Willst du zu Fuß bis da runtergehen?«

»Heute kümmerst du dich noch um die Tiere, ab morgen übernehme ich das«, sagte er bestimmt.

Hinkend machte er sich auf den Weg. Er schwankte wie ein Pendel und tat mir leid. Michael radelte ihm nach und sah, wie sein Vater dastand und mit offenem Mund in die Gräben starrte, in die die Lastwagen Erdreich kippten. Mit den Händen umklammerte er den Eisendraht der Umzäunung.

Die Venen traten zwischen den Knochen hervor und färbten die Haut bläulich. Michael stellte sich neben ihn, und zusammen beobachteten sie die Arbeiter, die rasenden Kettenbagger, die Carabinieri, die rauchend an der Motorhaube ihrer Kübelwagen lehnten.

»Komm, Papa, lass uns heimfahren.«

Während Michael in die Pedale trat, betrachtete Erich, zwischen seinen Unterarmen eingezwängt, die Tannen auf den Berghängen und atmete den Geruch des Himmels.

»Wenn sie mich wieder einziehen, flüchte ich in die Berge«, sagte er zu Michael, als sie das Wirtshaus erreichten.

»Ich möchte auch nicht mit den Italienern kämpfen, Papa.«

»Weder mit den Italienern noch mit den Deutschen. Ich will keinen Krieg mehr«, schnaubte Erich.

»Doch, für den Führer würde ich gerne kämpfen«, sagte Michael.

»Die Deutschen sind rassistisch und blutrünstig geworden.«

»Wenn der Führer etwas tut, hat er seine Gründe.«

»Was gibt es für Gründe, um alle zu vernichten?«, griff Erich ihn an. »Warum überhaupt dieser jahrelange Krieg? Was hat das mit uns zu tun?«

»Unter ihm wird eine bessere Welt entstehen, Papa.«

»Ja, eine Welt von Knechten, die im Stechschritt marschieren!«

»Die Nazis werden den Staudamm nicht bauen, bist du da nicht froh?«, fuhr Michael unbeirrbar fort.

Daraufhin brüllte Erich erneut so laut, dass sich die Alten an den Wirtshaustischen umdrehten und ihn anschauten.

»Nur weil sie uns nicht ertränken, kann ich es noch lange nicht gutheißen, was sie machen!« Mühsam versuchte er aufzustehen. Michael wollte ihn zurückhalten, doch Erich schob seinen Arm weg, packte ihn am Pullover und zog ihn an sich. »Du hast ja keine Ahnung. Du bist bloß ein rauflustiger Dummkopf«, wiederholte er angewidert. »Geh doch zu deinem Hitler, du Idiot!«

Tagelang sprachen sie nicht miteinander. Abends, vor mir, versuchten sie, eine scheinheilige Freundlichkeit zu wahren, die mich noch mehr aufbrachte. Nachdem ich das Essen aufgetragen hatte, setzte ich mich an Erichs Platz, zwischen die beiden, und während ich die Suppe löffelte, fragte ich mich, was die ganze Mühe, die Kinder aufzuziehen, überhaupt genützt hatte.

An manchen Abenden, wenn Michael ausging, legte ich mich mit Erich an und sagte, er solle ihn doch in Ruhe lassen, im Grund genommen arbeitete er hart und gab uns ohne mit der Wimper zu zucken alles Geld, das er verdiente.

»Hitler hin oder her, Michael ist ein guter Junge. Du solltest ihn nicht so streng behandeln« – und ich erzählte ihm, wie lange Michael ihm beim Schlafen zugeschaut hatte, als die italienischen Soldaten ihn von der Front zurückgebracht hatten. »Genügt es dir nicht, dass er dich liebt?«, fragte ich wütend.

Doch wenn ich so redete, fuhr mich Erich an und schrie, einen Nazi zum Sohn zu haben sei das Schlimmste, was einem passieren könne. Die Tatsache, dass die Leute das nicht verstünden, dass fast alle genauso seien wie Michael, ändere daran keinen Deut. Der Nationalsozialismus sei die größte Schande, und früher oder später würde die Welt das schon merken.

Obwohl das Dröhnen der Flugzeuge am Himmel nie nachließ, schien mir der Krieg, seit Erich wieder bei mir war, erneut irreal. Ich hatte keine Zeit mehr, daran zu denken. Nur wenn im Dorf ein Telegramm vermeldete, dass einer gefallen war, kam es mir wieder in den Sinn. Dann hörte man aus den anderen Höfen Weinen und Klagen und sah eine Prozession schwarzgekleideter Menschen, die sich an der Tür einfanden, ohne zu wissen, was sie sagen sollten, vor allem, wenn es einen Jungen getroffen hatte. An diesen Tagen läuteten die Glocken stundenlang, und Erich ließ sich neuerdings keine einzige Messe entgehen.

Rasch nahm er sein Bauernleben wieder auf und kümmerte sich mit Hingabe darum, dass die Kühe gesund wurden. Er führte sie auf neue Weiden, wo sie nach Herzenslust grasen konnten. Dann kam er frühzeitig zurück, und schon am Nachmittag standen sie wieder im Stall, aber nicht mehr so zusammengedrängt, weil es nun weniger waren. Er ließ auch noch ein paar schlachten, weil unser Geld nicht reichte, um sie alle zu behandeln. Das Fleisch verkaufte er teuer, denn es war rar, und seiner Ansicht nach konnten wir ruhig ein paar alte Kühe verkaufen, die jüngeren decken lassen und Kälber aufziehen.

Nach der Arbeit ging er mit der Zigarette im Mundwinkel los. Manchmal rief er den Hund und sagte an der Tür zu mir: »Komm mit.«

»Warte, ich mache mich kurz fertig«, erwiderte ich.

»Nein, komm so, wie du bist.«

Daraufhin stritten wir, weil ich nicht wie eine Zigeunerin herumlaufen wollte. Jetzt, da mein Mann aus dem Krieg zurückgekehrt war, wollte ich nicht mehr verwahrlost aussehen. Also richtete ich mich eilig her, doch wenn ich frisch gekämmt in meinem karierten Kleid erschien, war er schon fort, und ich stand da, betrachtete mich im Spiegel und fand mich alt.

Auf den Straßen von Graun sagte Erich zu jedem, dem er begegnete: »Wir müssen die Baustelle sabotieren, bevor sie uns ertränken.«

Doch die Alten antworteten, dass sie zu alt seien, um so was zu machen, und die wenigen Männer, die nicht an der Front waren, meinten, es würde ja sowieso nichts passieren, bald würde Hitler Tirol besetzen und von dem Staudamm würde nie mehr die Rede sein. Manche warnten ihn auch: »Hüte deine Zunge, wenn du nicht willst, dass die Schwarzhemden dich im Schlaf zusammenschlagen.«

Daraufhin wandte Erich sich an die Frauen. Aber auch die Frauen schüttelten den Kopf und meinten, ihre Männer oder Söhne seien irgendwo auf der Welt an der Front, und keiner wisse, ob sie noch lebendig oder im Kugelregen krepiert seien. In ihrem Kopf war kein Platz für den Staudamm unten am Fluss, wo ihr Blick nicht hinreichte.

»Gott wird das nicht zulassen.«

»Graun ist Bischofssitz.«

»Die heilige Anna wird uns beschützen.«

Wenn ich dann sagte, Gott sei die Hoffnung derjenigen, die keinen Finger rühren wollen, antwortete Erich mir, ich solle den Mund halten.

8

Viele starben in Osteuropa. Andere in Russland, an den Ufern des Don. Die Telegramme wurden alle an ein und demselben Tag überbracht, der Offizier schaute auf seine Stiefel, als er sie den Frauen aushändigte, und tippte sich an den Schirm seiner Mütze, bevor er wieder auf sein Motorrad stieg. Der Pfarrer läutete die Totenglocken bis zum Abend. Das Wirtshaus leerte sich, und Erich sagte, die Leichen würden nicht zurückgeschickt und man müsse den Podestà auffordern, eine kollektive Gedenktafel anfertigen zu lassen.

Immer häufiger kamen deutsche Soldaten ins Dorf, die behaupteten, bald werde Südtirol eine Provinz des Reichs. Manche empfingen sie mit offenen Armen, andere machten einen Bogen um sie.

Karl hatte es geschafft, sich ein Radio zu besorgen. Nun versammelten sich die Männer bei ihm, um Nachrichten zu hören, und er jammerte, dass keiner mehr etwas zu trinken bestellte und er das Ding bald mit dem Hammer zertrümmern würde.

Auch Erich ging zum Radiohören ins Gasthaus und erzählte mir, dass der Duce immer häufiger von großen Siegen schwafelte, was bedeute, dass die Sache schlecht stehe.

»Papa, bald wird Hitler uns befreien«, sagte Michael eines Abends zu ihm.

Erich schob den Teller beiseite, sah ihm ins Gesicht und sagte: »Wenn du dich bei den Deutschen als Freiwilliger meldest, brauchst du keinen Fuß mehr in dieses Haus zu setzen.«

Als der Waffenstillstand verkündet wurde, liefen die Leute jubelnd auf die Straße. Als die Soldaten des Führers einmarschierten, lehnten sich die Frauen mit Taschentüchern aus den Fenstern und winkten wie wild von den Türschwellen. Obwohl wir diese Männer noch nie gesehen hatten, empfingen wir sie wie Befreier. Wir wurden zur südlichen Provinz des Reichs. Operationszone Alpenvorland. Manche behaupteten, noch hätten die Faschisten das Kommando, andere sagten, sie zählten nichts mehr. In den folgenden Wochen wurden die italienischen Angestellten davongejagt, aber man krümmte ihnen kein Haar. Es wurden Aufrufe veröffentlicht, um den Einheimischen ihre früheren Arbeitsplätze zurückzugeben, und das Italienische wurde in allen öffentlichen Ämtern verboten. Wer von uns ein

Abschlusszeugnis besaß oder eine Stelle innegehabt und durch Mussolini verloren hatte, solle sich melden, um wiedereingestellt zu werden.

Erich verließ das Haus nicht mehr, seit die Nazis gekommen waren. Die Hände hinter dem Rücken, ging er auf und ab, und wenn ich ihn fragte: »Was machen wir jetzt?«, gab er keine Antwort. Nicht einmal, als Michael erschien, um ihm zu sagen, dass die Arbeiten am Staudamm stillgelegt worden seien – der Führer wollte lieber Eisenbahnen bauen –, nicht einmal da machte Erich den Mund auf.

Erst als die Deutschen die totale Kontrolle über das Gebiet übernahmen und allen klar war, dass Mussolini, ob verhaftet oder auf freiem Fuß, nichts mehr zu sagen hatte; erst als die Anordnungen und Depeschen, die eine nach der anderen aus den Kommandozentralen von Meran eintrafen, mit feurigen Lettern die bevorstehende Einziehung der Männer ankündigten; erst da begriff ich, was Erich umtrieb. An der Front hatte er gesehen, wie die Nazis Menschen töteten und einsperrten, und wusste, dass die zur Zeit der großen Option getroffene Entscheidung, in Graun zu bleiben und nicht nach Deutschland zu gehen, eine Schuld darstellte, für die man würde büßen müssen. Vor allem würden die Deutschen diejenigen aufs Korn nehmen, die '39 geblieben waren. Diejenigen, die nicht von Anfang an blind an Hitler geglaubt hatten. Auch Michael sagte: »Wir müssen uns freiwillig melden. Wir müssen unsere Schuld wiedergutmachen.«

Eines Abends nahm er Erich beiseite und sagte mit ruhiger Stimme: »Hör zu, Papa, Hitler kennt unsere Geschichte, er weiß, was wir durchgemacht haben. Er wird uns einziehen, das ist wahr, aber nicht, um uns weit weg an irgendeine Front zu schicken. Er wird uns hier in der Nähe stationieren oder uns mit Verwaltungsaufgaben betrauen. An die europäischen Fronten schickt er nur die Leute, die sich nicht gleich freiwillig melden.«

»Woher willst du das wissen?«, fragte Erich ihn verächtlich.

»Ich habe mich gestern gemeldet.«

Ruckartig hob Erich den Kopf, und Michael hielt seinem Blick stand.

»Ich hab es auch für dich getan, Papa.«

Eines Nachts, als wir nicht schlafen konnten, erzählte Erich mir endlich von seiner Zeit an der Front.

»Wir sind tagelang ohne Pause marschiert. Ich habe die albanischen Berge gesehen, niedrig und karg, aber steil und zerklüftet. Ganze Nächte sind wir die Saumpfade hinaufgeklettert und konnten nicht einmal fragen, ob der Weg noch weit ist. Ich habe geschossen, ich weiß nicht, wie viele Männer ich getötet habe. Nicht mehr als andere, aber genug, um in die Hölle zu kommen. Eigentlich ist es ungerecht, dass ich noch lebe. Uns Tiroler haben die Militärs oft schlecht behandelt, sie ließen uns ihre Schuhe putzen, und niemand rief uns je beim Namen. Als wir nach Griechenland versetzt wurden, habe ich einen Freund gefunden, einen aus Rovereto, der gleich nach unserer Ankunft an Diphterie erkrankte. Vor der Inspektion verstrich ich ihm ein paar Blutstropfen auf dem Gesicht. Ich stach mir in die Fingerkuppe und schminkte ihn, um seine Blässe zu überdecken. Damit habe ich ihm ein paar Lebenstage geschenkt, dann haben sie uns eines Abends zusammen rauchen lassen und ihn vor meinen Augen erschossen. Zwei Minuten später zwangen sie mich zum Essen.«

Ich hielt den Atem an, das Kinn auf die Knie gestützt, die ich mit den Armen umfasst hielt, und betrachtete den Mondschein, der durchs Fenster hereinfiel.

»Die Deutschen sind noch bestialischer als die Italiener. Sie deportieren und foltern die Leute.« Ich drehte mich um und blickte ihn an, und er sagte erneut: »Trina, wenn sie mich einziehen wollen, fliehe ich in die Berge.«

»Dann komme ich mit.«

Einige Tage später erschien Michael in seiner Militäruniform. Er wollte sich verabschieden und lächelte so froh, als sei er mit diesen Kleidern am Leib endlich zum Mann geworden.

»Bald werde ich Leutnant oder Kommandant der Wehrmacht, Mama, dann bekomme ich einen guten Sold und Sterne an der Uniform«, sagte er überzeugt. Ich nickte, ohne ihn anzusehen, und zupfte ihm den Mantelkragen zurecht. »Du bist wohl auch nicht zufrieden mit mir?«, fragte er und streckte das Kinn vor.

»Mach dir nichts draus, ich bin nie zufrieden.«
»Aber die Uniform ist schön, nicht wahr?«
»Ja, sehr schön.«

Er sagte, man hätte ihn einer Patrouille in der Poebene zugeteilt. Das sei eine Mission gegen die Partisanen, die Norditalien verpesteten.

An der Tür fasste ich ihn an den Schultern und sagte: »Jetzt bitte ich dich um etwas, und du musst ja sagen.«

Er schaute mich ratlos an und sagte nicht ja. Ich musste mich dreimal wiederholen. Erst dann nickte er und forderte mich mit einer Handbewegung zum Sprechen auf.

»Du musst uns helfen zu fliehen.«
Er wurde bleich. Dann ballte er die Fäuste.
»Das ist unser Geheimnis«, sagte ich zu ihm.

Er antwortete nicht.

»Sprich mir nach: Das ist unser Geheimnis.«

Er tat es.

»Wenn der Führer dir mehr bedeutet als wir, kannst du uns bespitzeln und uns erschießen lassen. Kannst deine Großmutter büßen lassen oder deinen Vater fertigmachen«, fuhr ich mit herausfordernder Miene fort.

»Hat er dich darum gebeten?«

»Nein, er weiß gar nichts davon.«

Michaels Augen verengten sich, sein Gesicht lief rot an. Er sah mich an wie einen Feind, doch seine Zuneigung war mir in dem Augenblick egal. Ich wollte nur Erich beschützen und mit ihm abhauen.

»Ich komme vorbei und sage dir, wo es am sichersten ist«, sagte er mit einer fremd klingenden Stimme und wandte sich ab, ohne mich zu küssen. Er ging zu Mutter ins Zimmer und küsste sie. Dann rauschte er in seinem grauen Mantel an mir vorbei und schlug heftig die Türe zu. Die Kerze auf der Kredenz verlöschte.

Ich holte zwei Taschen heraus und packte Erichs Winterkleider ein, die Schafwollpullover, ein Stück Seife, warme Schals, Socken, die Decke. In das bisschen Platz, das noch blieb, würde ich ein Polentabrot schieben, Gläser mit Pökelfleisch, Zwieback, trockene Kekse. In meine Tasche wollte ich die Wasserflasche packen, in Erichs Tasche einen Flachmann mit Schnaps. Ohne nachzudenken bereitete ich alles vor, als wäre mir schlagartig klargeworden, dass wir keine andere Chance hatten. Ich versteckte die Taschen in der Truhe und warf ein paar alte Lumpen darüber.

Dann ging ich zu Mutter ins Zimmer. Ich schüttelte sie an der Schulter und setzte mich neben sie.

»Geht es dir gut?«, fragte sie.

»Ja, es geht mir gut.«

»Michael kommt bald zurück.«

»Hör zu, Mutter, ich fliehe mit Erich in die Berge. Wenn du willst, kannst du mitkommen, aber es ist besser, wenn du zum Peppi ziehst.«

»Wenn dein Mann sich zum Militär melden würde, könntest du anfangen zu unterrichten.«

»In einer Nazi-Schule zu unterrichten interessiert mich nicht. Und außerdem wird Erich sich nicht melden.«

»Die Frauen der Deserteure werden umgebracht.«

»Dich bringen sie auch um, wenn du hierbleibst. Du musst zum Peppi ziehen.«

Sie schickte mich aus dem Zimmer. Gegen Abend rief sie mich und sagte, ohne mich anzusehen: »Gut, ich werde zum Peppi ziehen.«

Ich erhitzte das Wasser im Zuber. Als Erich heimkam, half ich ihm, sich zu waschen, und stellte das Abendessen auf den Tisch. Ich versuchte, seinem Blick auszuweichen. Mutter beschloss, in ihrem Zimmer zu bleiben, und ich brachte ihr eine Tasse Brühe.

»Ich habe unsere Taschen vorbereitet, sie sind in der Truhe.«

Erich hob den Kopf vom Teller und nickte.

»Ist Michael gegangen?«

Ich bejahte, und er machte ein angewidertes Gesicht. Dann kaute er verdrossen weiter. In dem Augenblick erfasste mich ein seltsamer Wunsch, den ich später nie mehr gespürt habe. Ich wollte mich von allem trennen, was ich besaß. Von meinen Sachen, dem Vieh, den Gedanken. Ich wollte nur die Schnallen schließen und losgehen. Weg von hier.

Ich schrieb dem Peppi einen Brief und bat ihn, baldmöglichst zu kommen, um Mutter abzuholen. An Michael, den ich vielleicht nie wiedersehen würde, dachte ich nicht. Ich dachte auch nicht an die Berge, wo wir uns verstecken oder sterben würden. Selbst an dich dachte ich nicht. Vier Jahre lang hatte ich dir jeden Abend in einem alten Heft geschrieben. Ich las alles noch einmal durch, dann legte ich es in den Kamin. Die rotleuchtende Glut maserte die Asche. Knisternd schlüpfte das Feuer langsam zwischen die Seiten und wurde wieder lebendig. Nie habe ich mich freier gefühlt.

9

Eines Morgens kamen sie und fragten mich, warum ich nicht wieder unterrichtete. Ob ich gegen die nationalsozialistische Schule sei.

»Absolut nicht«, erwiderte ich.

Kaum war es mir gelungen, diese Männer loszuwerden, hielt ein Auto vor dem Hof. Zwei Offiziere fragten nach Erich Hauser. Ich hatte die Tür offen gelassen, und die Sonne schien herein. Meine Strickjacke war aufgeknöpft, und einer der beiden musterte meinen Morgenrock und ließ den Blick bis zu meinen Waden hinunterwandern.

»Ich schicke ihn später aufs Kommando. Jetzt ist er mit dem Vieh unterwegs.«

»Warum hat er sich nicht freiwillig gemeldet?«

»Er hat es für mich getan«, antwortete ich, »weil ich krank bin. Wir haben entschieden, dass unser Sohn sich meldet und mein Mann bei mir bleibt. Er hat schon zwei Jahre gekämpft und ist verwundet aus Griechenland heimgekehrt.«

Auf einer Liste überprüften sie, ob Michael sich

tatsächlich gemeldet hatte. Als sie seinen Namen fanden, wurden sie freundlicher.

Erich ging in den Stall, um das Kalb zu schlachten. Er tötete es mit einer Pistole, die er von der Front mitgebracht hatte, häutete es und ließ das Fleisch ausbluten. Die Kühe scharrten und muhten laut und schmerzlich. Den ganzen Tag lang blieben sie schreckhaft. Erich brachte das Fleisch ins Haus, ich schnitt es in Scheiben und füllte es in Schraubgläser. Eine Scheibe Fleisch, eine Handvoll Salz, und so weiter. Bis das Fleisch alle war. Bis das Salz alle war. Die übrigen drei Kühe ließ er auf dem Bauernhof seines Freundes Florian. Die Schafe bei einem anderen Bauern namens Ludwig. Mit einer Ausrede bat er ihn, sie bei ihm unterstellen zu dürfen. Am nächsten Tag würden sie verstehen, warum. Als er am Abend heimkam, briet ich das Fleisch in Butter. Das Fett goss ich über die Polenta, und wir begannen zu essen. Wir aßen bis zur Übelkeit. Draußen funkelten zahllose Sterne, und bei ihrem Anblick hatte ich das Gefühl, dass alles gar nicht wahr sein konnte. Es war nicht wahr, dass wir in die Berge flohen, es war nicht wahr, dass Mutter nach Sondrio zum Peppi gezogen war. Es war nicht wahr, dass mein Sohn ein Nazi war.

»Ich habe Angst, dass sie sich an Michael rächen werden«, sagte ich.

»Ich habe Angst, dass Michael uns die Nazis auf den Hals schickt.«

»Hör auf! Das wird er nicht tun.«

»Und sie werden ihm bloß ein paar Fragen stellen, sonst nichts.«

Ich räumte den Tisch ab, spülte das Geschirr, polierte die Kredenz und die Möbel und wischte zum Schluss den Fußboden.

»Warum machst du dir so viel Mühe?«, fragte mich Erich. »In diesem Haus werden sie das Unterste zuoberst kehren, vielleicht werden sie es anzünden. Da brauchst du nicht zu putzen.«

»Ich will es aber sauber zurücklassen.«

Erich zuckte die Schultern, dann stopfte er noch mehr Zeug in die Taschen, darunter zwei Strohsäcke, in denen wir schlafen würden. Ich ging von einem Zimmer zum anderen und sah nach, ob alles in Ordnung war. Ich musste glauben können, dass wir zurückkehren würden. Und auch Mutter würde zurückkehren und wieder stricken, die Nadeln unter die Achsel geklemmt. Alle würden zurückkehren. Der Peppi mit seiner Frau Irene, die von den Nazis eingezogenen jungen Burschen aus dem Dorf und auch Michael, der sich dann wieder mit Erich versöhnen würde. Und auch du. Der Krieg würde zu Ende gehen, und endlich würden sie dich nach Graun zurückbringen.

Spätnachts brachen wir auf. Ich warf noch einen Blick auf die Küche und den Vorraum. Die Lappen hatte ich gefaltet und aufeinandergelegt. Die Gläser tropften noch. Es roch nach dem frisch geschlachteten Fleisch.

Über dem Ortler stand eine schmale Mondsichel. Ich machte Strupp von der Kette los. Er hob den Kopf von den Pfoten und sah mich mit seinen runzeligen Augen an. Ich streichelte seine Schnauze und seinen Schwanz.

»Bis bald, Strupp«, sagte Erich und kraulte ihn hinter den Ohren.

Dann nahm er mich an der Hand, und wir machten uns auf den Weg. Ich konnte mich nicht erinnern, wann er mich das letzte Mal an der Hand genommen hatte. Ich fühlte mich weich und leicht.

Wir gingen auf die Lärchen zu. Im Wald wurde die Dunkelheit plötzlich undurchdringlich und die Kälte schneidend. Erich knipste die Taschenlampe an, blieb stehen und betrachtete im Lichtschein mein Gesicht. Unsere Münder spuckten Nebel.

»Hast du Angst?«, fragte er.

»Nein«, erwiderte ich.

Ich hatte Lust, ihn zu küssen, dort mitten im Wald.

»Am besten steigen wir auf, während es noch dunkel ist. So weit hinauf wie möglich und Richtung Schweiz. Da gibt es Höhlen und Heuschober, noch weiter oben finden wir auch Schutzhütten. Wir müssen höher hinauf als bis dorthin, wo die Deutschen die Grenzen kontrollieren, und dürfen der Schweizer Polizei nicht in die Arme laufen.«

Als der Pfad steil wurde, hörten wir auf zu sprechen. Man musste auf die Geräusche lauschen. Erich hatte die Pistole in der Hand und das Jagdgewehr umgehängt. Ununterbrochen raschelte es im Unterholz, und ich dachte nicht an Soldaten, sondern an Schlangen und Eidechsen im Laub, an Wölfe, die bei Geräuschen erschrecken, an Eulen mit gelben Augen. Ich zog mir Mutters Schal bis über die Nase, dann wickelte ich ihn um die Ohren und den Kopf.

Wenn ich stolperte oder der Boden holpriger wurde, reichte Erich mir die Taschenlampe und schimpfte mich aus, wenn ich ihm ins Gesicht leuchtete. Wir hielten einen Augenblick inne, um dem Rauschen eines Wildbachs zuzuhören, und füllten unsere Wasserflasche. Das Wasser war eiskalt, und ich sagte zu ihm, er solle langsam trinken. Ich hätte gern geredet, doch Erich schwieg hartnäckig. Es herrschte tiefe Stille, wie sicherlich auch in unserem leeren Haus.

»Lass die Ohren jetzt frei, ab hier können wir Wölfen begegnen.«

»Erich, wann wird es Tag?«

»Es fehlt nicht mehr viel.«

10

Ein zuerst rosafarbenes, dann zartblaues Licht durchdrang die tiefe Dunkelheit des Himmels. Die Sonne ging auf. Erich zeigte mir weit unter uns das winzige Graun. Auf den Steinen sitzend aßen wir den Zwieback und den Käse. Er gab mir einen Schluck Schnaps zu trinken, und ich kippte ihn hustend hinunter. Eine durchsichtige Helligkeit erleuchtete nun die Hochebene, und auf den Steilhängen kamen Äste und Gebüsch zum Vorschein. Mir war, als hätte ich die Welt hinter mir gelassen und würde nicht mehr dazugehören.

»Dort können wir uns einrichten«, sagte Erich.

Es war eine Höhle an der Bergflanke. Die Öffnung war eng, und man musste auf allen vieren hineinkriechen. Erich inspizierte sie und sagte, es handle sich nicht um den Bau eines Tieres. Wir fingen an, die Äste aufzuhäufen und die Schneereste festzustampfen.

»Hier drin sollen wir leben?«, fragte ich ungläubig.

»Nur für einige Tage, dann gehen wir zu einem Bauernhof, wo man uns aufnehmen kann.«

»Und wer wird uns da aufnehmen?«

»Pfarrer Alfred hat mir ein Schreiben mitgegeben, das wir der Bäuerin geben sollen. Ihr Sohn ist ein junger Priester aus Mals«, sagte er und reichte mir den Zettel, den er in der Tasche hatte.

»Müssen wir auf dem Boden schlafen?«, fragte ich, während ich mich umsah.

»Wir steigen ein Stück ab und besorgen uns Laub, daraus machen wir uns ein Lager«, antwortete er geduldig. »Mit den Säcken, die wir dabeihaben, werden wir wohl nicht zu sehr frieren.«

Ich sagte ihm klar und deutlich, er dürfe keinen einzigen Schritt ohne mich machen, sonst würde ich zu schreien anfangen oder ins Tal zurückkehren. Um keinen Preis wollte ich allein bleiben. Erich strich mir über die Wange und erklärte, er werde bald einen Hasen oder einen Vogel jagen oder die Bauern bitten müssen, ihm etwas Käse zu verkaufen. Es habe keinen Sinn, zusammen zu gehen. Er ließ mir die Pistole da. Das Gewehr behielt er. Ich hatte noch nie geschossen und versuchte es auch nicht, da die Pistole nur sechs Kugeln im Magazin hatte.

»Du musst sie nur mit aller Kraft festhalten, wenn du abdrückst«, sagte er.

Ich starrte auf den eisernen Lauf der Pistole, die

schwer in meinen kalten Händen wog. Wir holten das Laub, dann inspizierten wir die Umgebung. Weit und breit keine Menschenseele, und bei unserer Rückkehr wiederholte Erich überzeugt: »Bis hier herauf werden sie nicht kommen.«

»Aber es wird noch mehr Schnee geben.«

»Ja, viel Schnee.«

»Und was machen wir dann?«

»Wir müssen bloß ein paar Tage durchhalten, Trina, um uns zu versichern, dass die Deutschen diesen Pfad nicht queren. Danach werden wir bei Bauern wohnen, ihre Gastfreundschaft mit unserer Arbeit bezahlen und ihnen das Geld dalassen, das wir noch haben.«

»Wird der Krieg bald zu Ende gehen?«

»Das hoffe ich.«

In der Mittagssonne legten wir den Schal ab und aßen noch ein wenig Käse. Er ruhte sich zuerst aus. Ich ging mit der Pistole vor die Höhle und betrachtete den strahlend hellen Himmel. Die langen, schmalen Wolken, die sich in dem makellosen Blau jagten. In der Ferne sah ich einen Adler kreisen. Ich begutachtete jeden einzelnen Baum, trat ab und zu nach einem Stein. Die Luft war unbewegt.

»Wenn du Kratzspuren an den Stämmen siehst, halte dich fern, denn das heißt, dass ein Wolf in der Gegend ist«, hatte Erich gesagt.

»Und wenn er plötzlich vor mir steht?«, hatte ich erschrocken gefragt.

»Du musst auf die Augen schießen. Und genauso musst du es bei den Deutschen machen. Und auch bei den Italienern. Wenn du überleben willst, musst du immer auf die Augen schießen.«

»Wir sind hier oben dem Krieg nicht entkommen«, sagte ich am Abend vor dem Feuer zu Erich. »Diese Pistole ist der Krieg.«

Er nickte. »Aber wir sind nicht zu ihren Helfershelfern geworden.«

Wenn die Dunkelheit die Berge heraufkletterte, blickte ich weiter zum Himmel, versuchte das letzte Licht aufzusaugen, als wäre es Milch und ich ein hungriger Säugling. Dann wurde im Nu alles schwarz und trostlos, und man erkannte nicht einmal mehr die Umrisse der Bäume. Erst da gab ich mich geschlagen, kroch in die Höhle, nahm den Kopf zwischen die Hände und schluchzte. Erich ließ mich machen. Ab und zu näherte er sich, um mich zu umarmen, aber ich antwortete, seine Umarmungen seien mir egal. Ich wollte nur, dass es wieder hell würde.

Wenn es tagte, vergaß ich die schmerzhafte Dunkelheit augenblicklich, sah mich um und begann mit offenen Augen zu träumen. Ich war eine junge

Braut, die aus Liebe zu ihrem abenteuerlustigen Bräutigam in die Berge gegangen war. Ich war eine von den Deutschen gefürchtete Widerstandskämpferin. Eine Lehrerin, die ihre Kinder in Sicherheit gebracht hatte.

Nachmittags, wenn die Stunden nicht vergingen, lehnten wir uns mit dem Rücken an einen Baum und sprachen über Dinge, über die wir noch nie gesprochen hatten.

»Wer weiß, wo Marica ist«, sagte er einmal zu mir und hauchte auf seine Hände.

Ich erstarrte, als hätte ich einen Wolf gesehen, und wusste nicht, ob ich recht gehört hatte. Er hatte deinen Namen nie mehr erwähnt. Er wiederholte den Satz und sagte dann, die Zeit, in der man nicht darüber sprechen dürfe, sei vorbei.

»Ich will nur, dass es ihr gutgeht, dass sie in Sicherheit ist und den Krieg unbeschadet übersteht.«

»Möchtest du sie denn nicht wiedersehen?«, fragte ich.

»Ich glaube kaum, dass es so weit kommen wird.«

»Und deine Schwester?«

»Die möchte ich wiedersehen, ja.«

»Wirklich?«

»Ja, um sie zu fragen, warum.«

»Nur das möchtest du sie fragen?«

»Ja, Trina. Nur das.«

11

Ich hatte jedes Zeitgefühl verloren. Dauernd fragte ich Erich, wann wir zu dem Bauernhof aufbrechen würden. Er antwortete, es sei noch nicht der richtige Moment, und ich reagierte missmutig, weil ich endlich wegwollte. Wenn ich fragte, wie wir denn in Erfahrung bringen wollten, wie es mit dem Krieg stand, lachte er und sagte, es seien ja noch keine zwei Wochen vergangen.

Das eingesalzene Fleisch ging zu Ende. Dann die Polenta, der Zwieback, der Käse, die Kekse. Erich stieg hinunter und verschwand stundenlang. Ich blieb allein auf dem Gipfel, blickte ins Tal und empfand ein seltsames Schwindelgefühl, manchmal legte sich der Wind, der mich bewegungsunfähig machte. Bei den Bauern bekam Erich hie und da ein Stück Speck oder Käse, aber es gab immer weniger zu essen, und sein Gesicht wurde noch fahler und eingefallener unter dem stacheligen Bart. Die Murmeltiere, unbeweglich wie Statuen, erlegte er mit einem Stockschlag in den Nacken. Sie waren unser

Festessen, die Murmeltiere. Unter dem Rost zündeten wir das Feuer an und brieten das Fleisch, das wir dann bis auf die Knochen abnagten. Ich kam mir wieder verwildert vor, aber nicht so verroht wie zu der Zeit, als er an der Front war.

Eines Morgens, als Erich auf die Jagd ging, folgte ich dem Lauf eines Kiesbetts. Ich bildete mir ein, es würde Fische geben, und konnte doch kaum die Wasserflasche mit Eissplittern füllen. Als ich zu einem Bauernhaus kam, klopfte ich. Eine Frau öffnete mir, und ich erzählte ihr, dass wir Deserteure seien und versuchten, in die Schweiz zu gelangen. Sie gab mir einen Henkeltopf Suppe und eine Flasche Wein. Ich schwor, ich würde zurückkommen und ihr die Sachen bezahlen. Voller Stolz kehrte ich damit zur Höhle zurück und malte mir aus, wie Erich mir mit blutleeren Lippen zufrieden zulächeln würde. Mit vollem Mund würde er sagen: »Wieder ein Tag weniger«, wir würden den Wein trinken und ihn genüsslich die Kehle hinunterrinnen lassen.

Langsam stapfte ich zwischen den Bäumen bergauf. Bei jedem Schritt versanken die Füße im trockenen, knirschenden Schnee. Ich dachte an Erich, wie er immer Schnee schaufelte, denn darin bestand unser täglicher Kampf. Plötzlich hörte ich Stimmen. Deutsche Stimmen, die laut schreiend aggressive Fragen stellten. Die Höhle war zehn Schritte von mir entfernt. Ich reckte den Hals, um etwas zu sehen. Die Soldaten standen mit dem Rücken zu mir da und wiederholten drohend: »Partisan? Deserteur?« Erich antwortete nicht. Ich hockte mich auf den Boden. Auf einem Ast beäugten mich zwei Vögel. Ich legte mich bäuchlings in den Schnee, er ließ meinen Busen erstarren. Jetzt konnte ich alles gut sehen. Die Männer verhörten Erich weiter, er blieb stumm. Ich zog die Pistole hervor. Sie hatte nur sechs Schuss Munition. Ich umfasste den Griff mit aller Kraft und zielte auf den Rücken des Ersten, er fiel mit einem dumpfen Schlag. Der andere drehte sich ruckartig um, und ich traf ihn in die Brust. Er gab einen erstickten Schrei von sich. Danach schoss ich noch weiter auf die zwei liegenden Körper, bis keine Kugel mehr übrig war. Erich stand wie gelähmt mit dem Rücken zum Felsen. Versteinert starrte er mir ins Gesicht, ohne mich zu erkennen. Ich schüttelte ihn wie einen schneebeladenen Ast und knurrte ihn zwischen den Zähnen an, er solle etwas tun. Daraufhin half er mir, den Deutschen die Waffen abzunehmen. Eine ich, eine er. Wir besudelten uns mit ihrem Blut, durchwühlten ihre Mäntel und steckten die Banknoten ein, die wir fanden. Eine der beiden Brieftaschen war voller Mark-Scheine. Mit diesem Geld würden wir uns bei den

Bauern Essen kaufen und die Unterkunft bezahlen, die sie uns auf dem Hof geben würden. Wir zerrten die Leichen in die Höhle, ich warf die leere Pistole dazu, und wir schaufelten Schnee darüber. Der Schnee der Nacht und der folgenden Tage würde sie für immer begraben.

Danach liefen wir bergauf. Mit dem raschen Schritt von Mördern. Der Schnee, den wir zertrampelten und in dem wir Spuren hinterließen, war schwer und körnig. Mit den Händen umklammerten wir die Pistolen. Das Herz hämmerte in der Brust.

»Hier sind noch andere Spuren«, sagte Erich. »Sie müssen bis hier heraufgekommen sein.«

Wortlos wechselten wir die Richtung und marschierten weiter. Wenn wir Tierspuren oder Stiefelabdrücke auf dem Boden sahen, wechselten wir die Richtung. Die Frostbeulen machten unsere Hände rissig.

»Wo sind wir?«, fragte ich, als die Sonne hinter dem Berg verschwand.

»Dort drüben ist die Schweizer Grenze«, sagte er.

»Und der Bauernhof? Wo ist denn der Bauernhof?«, schrie ich verzweifelt.

»Weit kann er nicht sein«, sagte Erich hilflos.

Die Beine trugen uns nicht mehr. Ich war sicher,

dass wir nur noch wenige Stunden zu leben hatten. Als ich mich zu Boden warf, befahl Erich mir, sofort aufzustehen und unter keinen Umständen stehen zu bleiben.

»Wenn wir anhalten, erfrieren wir.«

Es gab keine Bäume mehr. Auch auf den Bergkämmen in der Ferne gab es nichts mehr. Nur Schnee.

»Schau mal«, sagte Erich auf einmal, zu erschöpft, um zu schreien.

Mitten in all dem Weiß sah man ein winziges Steingebäude. Wir näherten uns. Es war eine runde Kapelle, mit einem Kreuz auf dem spitzen Dach wie ein Federbusch.

Aus dem Inneren drangen keine Stimmen. Erich öffnete die Tür. Drei Männer sprangen auf. Sie schrien etwas auf Deutsch. Ein Schuss fiel.

»Schießt nicht!«, brüllte ich.

Wir hoben die Hände, die noch immer die Pistolen umklammerten. Sie waren zu einer Verlängerung unserer Körper geworden, diese Pistolen.

»Wir sind keine Soldaten! Wir sind weder Nazis noch Faschisten!«, rief ich.

Sie wechselten Blicke.

»Seid ihr Deserteure?«, fragte einer und ließ seine Waffe sinken.

Wir nickten. Sie befahlen uns, die Pistolen wegzustecken. Wir verlangten dasselbe von ihnen. Mein Gesicht beruhigte sie, auch wenn es ungepflegt war.

Nie werde ich die drei vergessen. Der Vater mit seiner zweideutigen Miene, ein Ziegengesicht mit flachgedrückter Nase und dicken Brillengläsern, die das Gesicht verkleinerten. Die Söhne blass und verschreckt. Ich musste an Michael denken. Diese Jungen flohen vor den Deutschen, Michael jagte die Leute, die gegen die Nazis waren. Wäre er hier hereingekommen, hätte er sie getötet. Oder sie ihn.

Sie aßen Brot ohne Salz und wollten gerade das Feuer anzünden. Erich half ihnen. Als die Flamme knisterte, schien die Mauer der Kapelle lebendig zu werden, und feige dankte ich Gott, nur weil ich jetzt im Warmen war.

Ich holte den Topf mit Suppe und die Flasche Wein heraus. »Habt ihr Soldaten gesehen?«, fragte ich, während ich alles ans Feuer stellte.

»Die Deutschen wissen, dass es Deserteure gibt, die sich hier in der Nähe der Grenze verstecken«, sagte der blonde Junge und trank einen Schluck Wein.

»Passt auf, dass ihr nicht zu weit hinübergeht. Jeden Tag verhaften die Schweizer Deserteure«, mischte sich der andere Sohn ein.

Sie erzählten uns, im Krieg stehe es nun schlecht

für Hitler. Der Russlandfeldzug habe sich als eine Katastrophe erwiesen. In Stalingrad zähle man Tausende von Toten, und die Keller der Stadt seien voller sich selbst überlassener Verwundeter. Sie sagten, sie wollten versuchen, nach Bern zu gelangen, wo sie Verwandte hatten, die sie aufnehmen würden. Sie stammten aus Stilfs. Die Söhne hatten einen Fronturlaub genutzt, um abzuhauen, der Vater hatte sich bei der Einziehung nicht gemeldet. Wie Erich hatte auch er mit den Italienern gekämpft und dann nichts mehr vom Krieg wissen wollen. Die Mutter war schon vor Jahren gestorben.

»Wenn sie noch gelebt hätte, wäre sie nie aus ihrem Dorf weggegangen, und die Nazis hätten sie verhaftet oder vielleicht unseretwegen erschossen«, sagte der Jüngere.

Ich schwieg, und mich ekelte vor ihnen, vor den Nazis, vor meinem Sohn. Doch in den Ekel mischte sich der Wunsch, ihn an meiner Seite zu haben und zusammen mit ihm die Hände in die Wärme der Flamme zu halten.

»Hier sind die Deutschen schon hergekommen, bleibt lieber nicht, es ist zu unsicher«, sagte der Vater noch. »Um das Kriegsende abzuwarten, müsst ihr weiter raufsteigen. Dort werdet ihr anderen Deserteuren begegnen. Es gibt Schutzhütten und Heuschober.«

»Es ist auch nicht kälter als hier«, sagte der blonde Junge, um uns zu beruhigen.

Sie boten uns Zichorienkaffee an, und diese leicht bittere Brühe schmeckte mir so gut, dass ich am liebsten mein Gesicht hineingetaucht hätte. Erich, der keinen Tabak mehr hatte, ließen sie mitrauchen, und er atmete den Rauch ein, so tief er nur konnte, so froh war er über die zerdrückte Zigarette. Einer der Jungen leerte seine Tasse und ging mit der Pistole vor die Türe.

»In drei Stunden löse ich dich ab«, sagte der Bruder, der sitzen blieb.

Als ich am Morgen aufwachte, hatte sich der kleine Blonde an meine Schulter geschmiegt. Bevor sie aufbrachen, gaben sie uns noch ein Stück von ihrem ungesalzenen Brot. Aus ein paar Zweigen fertigten wir runde Untersätze für unsere Schuhe, um im Schnee besser voranzukommen. Erich bearbeitete die Zweige mit dem Messer, damit sie sich biegen ließen, und ich band sie mit Schnur zusammen, die ich mit den Zähnen abbiss. Auch den drei Männern machten wir welche. Der Vater schärfte uns noch mal ein, wir sollten weiter hinaufsteigen und uns nicht vor der Kälte fürchten, dann ging er grußlos in die der unseren entgegengesetzte Richtung. Im Weiß sahen wir sie immer kleiner werden.

Es schneite ununterbrochen, und wir hatten alle Socken übereinander angezogen, die wir besaßen. Mir fiel ein, dass Mutter immer sagte, mit kalten Füßen friere man am ganzen Körper. Ich dachte häufig an Mutter, wie sie auf dem alten, strohgeflochtenen Stuhl saß und nähte und ich nie wusste, was ihr dabei im Kopf herumsummte.

Als ich mich noch einmal umwandte, um die Kapelle mit dem Kreuz auf dem Dach zu betrachten, hatte sich der Schnee schon vor der Türe aufgehäuft. Bald würde man sie nicht mehr betreten können. Ich dachte an die Leichen der zwei Deutschen, die ich getötet hatte. Rund um uns war nichts als Weiß und Windgeheul.

12

Stundenlang marschierten wir durch die mörderische Kälte. Hörte es kurz zu schneien auf, zwangen wir uns dazu, etwas Brot zu essen. Der Schnee durchnässte die löchrigen Schuhe. Plötzlich sprang Erich auf und zeigte auf zwei Männer in der Ferne. Er steckte das Brot ein und rannte los. »He, ihr!«, rief er, so laut er konnte, und stolperte bei jedem Schritt, doch jeder Ruf erstarb in dieser weißen Wüste. Ich bemühte mich, nicht zurückzubleiben mit der verdammten Tasche auf dem Rücken. Ich wollte mich fallen lassen. Sterben.

»Erich, bleib stehen!«, schrie ich.

Er aber rannte weiter, stieß den Stock auf den Boden, bis er brach und Erich stolperte.

»Die holen wir nicht ein, Erich, bleib stehen!«, schrie ich wieder.

Daraufhin kam er zu mir und keuchte: »Wir müssen den Spuren folgen, Trina, bevor der Schnee sie auslöscht. Diese Männer sind Bauern, sie können uns den Weg zeigen!«

Tatsächlich, genau so war es. Als wir den Bauernhof erblickten, blieben wir auf unsere Stöcke gestützt stehen. Mit zitternden Knien warteten wir, bis der Atem sich beruhigte. Ich fühlte, wie meine Tränen gefroren.

Als eine Frau aus der Tür trat, um Schnee zu schippen, schob Erich mich vor. Ich zog das Schreiben von Pfarrer Alfred aus der Tasche. Mir war, als würden meine Beine nachgeben und als könnte ich die eisigen Füße nie mehr bewegen. Ich grüßte sie mit der Stimme eines schuldbewussten Kindes. Die Frau war dick, mit zerrauften, stacheligen Haaren. Sie begriff sofort, dass wir Deserteure waren.

»Pfarrer Alfred schickt uns, der Pfarrer von Graun«, sagte ich. Sie antwortete nicht. »Wir sind vor dem Krieg geflüchtet. Wir sind am Erfrieren«, fuhr ich fort, während ich ihr weiter den Brief hinhielt, den sie keines Blickes würdigte.

Sie rief einen Namen, ohne mich aus den Augen zu lassen. Aus der Tür trat ein alter Mann mit Gewehr im Anschlag. Ein weiterer Mann kam dazu, dann noch einer im Priesterrock. Auch eine Frau kam heraus, mit einem Mädchen an der Hand. Daraufhin näherte sich Erich mit erhobenen Händen, ohne nach der Pistole zu greifen. Es schneite immer noch. Nichts ist unbarmherziger als der Schnee, der auf dich fällt.

Im Haus brannte das Kaminfeuer. An den Wänden des einzigen Raumes lehnten die lumpigen Matratzen, auf denen sie alle schliefen. Als ich über den schrägen Fußboden ging, wurde mir schwindelig. Meine Haut war gespannt, und die fünf musterten mich auf eine Weise, die mich einschüchterte. Die Wärme, die von den Flammen ausging, brannte auf meinen Wangen, und obwohl ich das Weinen zurückhalten wollte, fühlte ich, dass es mir nicht gelang.

»Seid ihr Nazis?«, fragte der Mann mittleren Alters.

»Nein.«

»Seid ihr Faschisten?«

»Wir sind keine Faschisten.«

»Wir sind weder Nazis noch Faschisten«, erklärte Erich aufgebracht. »Wir sind nichts, nur Bauern. Ich will nicht mehr in den Krieg.«

»Wir sind Freunde von Pfarrer Alfred, dem Pfarrer von Graun«, wiederholte ich, und endlich lächelte der Priester.

Die dicke Frau reichte ihm das Schreiben, er las es und ergriff dann unsere Hände, umarmte Erich und wiederholte, wir seien willkommen. Wir könnten helfen, Nahrungsmittel zu beschaffen und den Stall zu richten, auch wenn sie jetzt keine Tiere mehr hätten. Die dicke Frau habe sie auf einem

Viehmarkt verkauft in der Überzeugung, dass man im Krieg Geld brauche.

»Und dabei ist Geld im Krieg überhaupt nichts wert«, schloss der Priester seufzend.

»Wir sind Freunde aus dem Dorf«, sagte die Tochter des Alten. »Wir sind vor einigen Wochen aus Mals geflüchtet.«

»Für die Miete werden wir euch geben, was wir haben«, fügte Erich nun hinzu. »Wir wissen, dass es für euch ein Opfer ist.«

Die dicke Frau nickte und winkte uns näher. Ich war zum Umfallen müde und wollte allein sein. Die Kälte, die da drinnen herrschte, kam mir gar nicht mehr kalt vor. Die Frauen lächelten zurückhaltend, als ich sagte: »In meiner Tasche ist eine Pfanne, falls ihr so was brauchen könnt, beim Aufstieg hat sich mir der Griff in den Rücken gebohrt.«

Die dicke Frau lachte, dann zeigte sie auf die Tür, die nach hinten hinausführte. »Wenn Soldaten kommen, müsst ihr da abhauen. Unserer ist der letzte Hof, sucht nicht nach anderen Häusern. Ein paar Kilometer weiter beginnt die Schweiz.«

»In welche Richtung müssen wir fliehen, wenn sie kommen?«

»Nach Osten. Den Hang wieder hinunter, bis man auf eine Reihe Kiefern stößt. Dort gibt es etliche Heuschober.«

Wir setzten uns wieder vors Feuer. Das Paar mittleren Alters musterte uns von Kopf bis Fuß. Die Tochter hieß Maria. Sie war stumm und starrte uns die ganze Zeit mit den Augen einer Stoffpuppe an.

»Heute Nacht übernehmen wir die Wachschichten. Morgen, wenn du dich ausgeruht hast, bist du an der Reihe«, sagte der Alte zu Erich.

13

Am nächsten Morgen regnete es. Der Priester betete mit gefalteten Händen, in sein schwarzes Gewand gehüllt, das mich melancholisch stimmte. Mit dem Rücken zu uns kramte die Mutter herum. Ab und zu sagte sie zu ihrem Sohn: »Es war falsch von dir, Priester zu werden, du hättest die Franziska heiraten sollen.«

»Ich bin mit Gott verheiratet, Mama«, antwortete er ihr geduldig.

Er hatte schmale Schultern und schüttere Haare, der Priester. Ein altersloses Gesicht. Augen, schwarz wie das Gewand, das mich melancholisch stimmte.

»Können Priester auch desertieren?«, fragte ich ihn.

Er lächelte ebenso mitleidig wie vorher, dann erklärte er mir, er sei nicht desertiert, er habe sich nur geweigert, den Nazis zu gehorchen.

»Hitler ist ein Heide. Die Priester, die auf ihn hören, sind Jesu nicht würdig«, sagte er mit seiner ruhigen Stimme.

Er erzählte mir, dass Marias Vater auf die Jagd ging und bei einem Bauern vorbeischaute, der ihm immer etwas gab. Ein paar Würste, ein Stück Käse. Seit die Tochter stumm geworden war, sprachen auch die Eltern nicht mehr viel. Zwei Vettern von Marias Vater gelang es, ihm alle zehn Tage einen Sack Polenta und mehrere Eier an eine geheime Stelle irgendwo am Berg zu bringen. Er sagte auch, dass niemand von ihnen nach Mals zurückkehren könne, solange der Krieg nicht vorbei war.

»Wie lange wird er denn noch dauern?«, fragte ich, und er breitete wortlos die Arme aus, die Handflächen nach oben gewandt.

Erich ging hinaus und sprach eine Weile mit dem Alten. Dann begann er, den Stall auszumisten, die Futterkrippen zu reparieren, die Holzbretter auszutauschen, die unter dem Gewicht des Schnees gefault waren. Ich fragte die dicke Frau, wie ich mich nützlich machen könnte. Mit schmeichlerischer Stimme erwiderte sie, ich solle mich nur erst mal ausruhen und ihr ein bisschen von meinem Leben vor dem Krieg erzählen. Also erzählte ich ihr, dass ich ein Lehrerinnendiplom besaß, die Faschisten mich aber nie hatten unterrichten lassen, und dass ich auch als Bäuerin gearbeitet hatte und schließlich hier herauf geflohen war, weil mein Mann sich entschieden hatte zu desertieren.

»Diese Männer bringen uns noch ins Grab«, seufzte sie und wies mit dem Kinn auf ihren Sohn, der wieder betete.

Der Himmel draußen war klar, und ein mattes Licht schimmerte auf dem Schnee. Das Weiß ließ für nichts anderes Raum. Die dicke Frau rührte in der Polenta und schmorte in meiner Pfanne eine Zwiebel. Es freute mich, dass sie meine Pfanne benutzte.

»Vorige Woche sind sie mit einer Gemse zurückgekommen, ein andermal mit einem Fasan. Sogar am Freitag haben wir Fleisch gegessen«, sagte sie zufrieden. »Vielleicht finden sie ja noch mehr, Fleisch esse ich unheimlich gern.«

»Wir mussten es schnell aufessen, denn die Wildtiere riechen den Fleischgeruch«, fügte der Priester hinzu. »Die Nachtwache halten wir eher ihretwegen als wegen der Deutschen. Gegen die Deutschen könnten wir nichts ausrichten.«

»Werden sie bis hier heraufkommen?«, fragte ich.

Wieder breitete er die Arme aus, und die Mutter sah mich entschuldigend an: »Es hat keinen Zweck, den Priestern Fragen zu stellen, sie können einfach nicht anders«, brummte sie. »Schon als Kind war er so: Die anderen verprügelten ihn, und er breitete die Arme aus, anstatt zu reagieren.«

Wir aßen zusammen an einem alten Tisch, den der Priester sorgfältig gedeckt hatte. Den Teller durfte man vor dem Beten nicht einmal anschauen. »Herr, segne, was du uns gegeben hast, und gib es allen Familien der Welt«, lautete sein Gebet. Nach dem Essen verzog sich der Alte in eine Ecke, um sein Gewehr zu polieren, und wiederholte, mit dieser Waffe habe er im Ersten Krieg Dutzende von Italienern getötet.

»Solange ich dieses Gewehr habe, heißt das, dass ich Österreicher bin«, sagte er immer.

Erich ging mit Marias Vater hinaus, um zu rauchen, und sie sahen zu, wie sich der Himmel rot färbte und dann dunkel wurde. Mit ihm zu schweigen tat Erich gut. Wir tranken drinnen noch ein Glas heißes Wasser, das die dicke Frau uns ausschenkte, weil es ihrer Ansicht nach gegen Verstopfung half. Wir malten uns das Kriegsende aus. Ich sagte, ich könne es kaum abwarten, endlich zu unterrichten, und Marias Mutter ermutigte mich: Ich müsse gewiss eine tüchtige Lehrerin sein, meinte sie. Der Priester hatte keine Träume, ihm genüge es, in seine Kirche zurückzukehren und wieder die Messe zu lesen. Wenn wir über unsere Hoffnungen sprachen, lächelte er milde, und ich bekam Lust, ihm von dir zu erzählen. Auch die dicke Frau hatte ihren Traum. Sie wünschte sich, Großmutter zu werden und das Haus voller Enkel zu haben.

Die Phantasien rissen uns so mit, dass wir die mittlerweile ausgetrunkenen Tassen kalt in der Hand hielten und so taten, als wäre immer noch Wasser drin. Als die Männer wieder hereinkamen, breitete sich eine Stille aus, die uns auf den Boden der Tatsachen zurückbrachte, und wir sahen uns verlegen an, als hätten wir uns versündigt, weil wir so lange unseren Träumen nachgehangen hatten.

Frühmorgens verließ Erich mit Marias Vater das Haus. Sie suchten die Bauernhäuser auf, um zu fragen, ob es Arbeit für sie gab. Sie halfen, das Heu in Tücher zu packen, und trugen es auf dem Buckel in den Stall. Dafür erhielten sie Speckseiten, Käse, ein paar Liter Milch, die mich und Maria glücklich machten. Wenn es nicht schneite, gingen sie auf die Jagd. Manchmal begegneten ihnen Senner, die ein paar wenige Kühe im Schlepptau hatten und nachts im Heu schliefen, öfter jedoch andere Deserteure. Gelang es ihnen, ihr Vertrauen zu gewinnen, tauschten sie Nachrichten aus, die sie uns dann bei Tisch mitteilten. Sobald sie aufbrachen, griff der Alte zum Gewehr, stellte sich auf die Schwelle und hielt Wache. Er bekam ein böses Gesicht. Der Alte setzte sich nie mit uns zu Tisch, sondern blieb stehen, den Zinnteller in der Hand. Er betete auch nicht. Er aß rasch, dann erklärte er, er gehe hinaus den Himmel anschauen, um zu sehen, wie das Wetter werde. Stundenlang studierte er den Himmel, geduldig wie ein Astronom.

Nur wenn sie Fleisch heimbrachten, half ich beim Kochen. Ansonsten war es der dicken Frau lieber, wenn niemand anderes in der Küche Hand anlegte. Sahen wir die Männer mit einem erlegten Tier daherkommen, blieb nur einer als Wache zurück, und selbst der Priester half, es zu häuten, nachdem er das Fleisch gesegnet hatte. Anschließend befestigten wir Balken über dem Boden und ließen es den ganzen Tag ausbluten. Die einzelnen Stücke waren Frauensache. Beim Einsalzen dachte ich an unser Zuhause, und ich fragte mich, ob die Deutschen es angezündet oder anderen Leuten gegeben hatten.

Maria sah uns mit ihrem abwesenden Blick zu und krümmte keinen Finger. Sie hatte aschblonde Haare, lange, schmale Hände, und glich ganz der Mutter. Die hielt sich immer im Haus bei dem Alten auf und sah mich auf eine Weise an, die mich einschüchterte.

Jeden Morgen öffnete ich die Tür und hoffte, der Schnee sei geschmolzen. Ich wollte das grüne Gras berühren, die silbernen Felsen, die steinige Erde. Stattdessen war da, auch als das Frühjahr kam, immer nur dieses makellose, enttäuschende Weiß.

Ich lauschte dem dumpfen Geräusch, mit dem der Schnee von den Tannen fiel, dann ging ich wieder hinein. Ich fragte den Priester, welcher Tag sei, und er antwortete mir geduldig mit dem Namen eines Heiligen. Er sagte, Beten sei die beste Art, das Kriegsende abzuwarten. Also kniete ich mich neben ihn und hörte zu, wie er Dutzende Male dasselbe Gebet wiederholte.

Eines Abends legte er mir ein Notizbuch und einen Bleistift unter die Tasche, die ich als Kopfkissen benutzte. Ich glaube, dieses Notizbuch hat mich in dieser stillstehenden Zeit des Krieges gerettet. Ich füllte es mit Briefen. Anfangs schrieb ich an Maja, es waren seitenlange Erinnerungen an die Jahre, als wir uns an den Ufern des Reschensees auf die Prüfung vorbereiteten oder mittwochs löffelweise Mutters Schlagsahne verspeisten. Dann begann ich an Barbara zu schreiben. Ich fragte sie am Ende jedes Briefes, ob ihre Schwester ihr meine Nachricht ausgehändigt hatte, und schwor ihr, dass ich nie vergessen würde, wie wir zusammen im Gras gelegen oder wie zwei Vögel auf einem Ast gesessen hatten. Ich fragte Erich, ob er mir helfen könne, die Briefe abzuschicken, doch er antwortete lachend, das sei unmöglich, denn wir befänden uns auf dem höchsten Gipfel eines Berges.

Seit wir auf dem Hof lebten, war Erich nicht

mehr so leichenblass und hatte sich endlich vor einer an der Wand befestigten Spiegelscherbe diesen struppigen Bart abrasiert. Es gefiel ihm, mit Marias Vater zusammen auf die Jagd zu gehen und zu schuften, um die verfaulten Bretter im Stall auszuwechseln. Der Priester und die dicke Frau sagten, mit einem wie Erich hätten sie ein Geschäft gemacht, und wenn wir ihnen die Miete bezahlten, gaben sie uns einen Teil des Geldes zurück. Wenn Erich und Marias Vater einmal nichts fanden, kehrten sie Tabak kauend zurück, und obwohl wir dann zum Abendessen nur die Tasse mit heißem Wasser trinken oder einen Brei aus gekochtem Gras essen würden, freute es mich, dass er einen Freund hatte.

Als es Sommer wurde, stiegen sie bis zum Bachbett hinunter und kamen mit lächerlich kleinen Fischchen zurück, die die dicke Frau und ich dann auf den Rost warfen. Beim Essen hielt ich den Atem an, um den ranzigen Geschmack nicht zu schmecken, den sie auf der Zunge hinterließen.

Der Priester versuchte, nach seinem Morgengebet auch Maria zum Beten zu bewegen. Einmal kniete ich mich neben die beiden, und während er betete, dachte ich, welches Glück es bedeutete zu glauben, dass auch die Katastrophe des Krieges und die ständige Nähe des Todes Gottes Wille seien. Für mich bewies das nur, dass es besser war, wenn es Gott nicht gab. Sehr oft war ich kurz davor, dem Priester anzuvertrauen, wie hübsch und hochmütig du warst, und ihm von der Nacht zu erzählen, in der du durchgebrannt bist. Doch dann bremste mich der Gedanke, dass er mir antworten würde, was ich ihn schon einmal hatte sagen hören: »Gott gibt nur denen große Schmerzen, die sie auch ertragen können.«

Nach dem Gebet fragte ich Maria immer, ob sie sich mit mir vors Haus setzen wolle. Dann stellten sich ihre Eltern neben sie, tätschelten ihr Gesicht und drängten sie: »Geh nur mit Trina«, als müsste sie zu einer langen Reise aufbrechen. Waren wir dann allein, zeigte ich ihr das weiße, kiefernbestandene Geröll, die Flecken rissiger dunkler Erde, die allmählich unter dem schmelzenden Schnee zum Vorschein kamen, die einsamen Schluchten, die Birkenwäldchen, die Vögel, die mit ausgebreiteten Schwingen kreisten und sich nicht um Bomben und Soldaten scherten. Mit mir zusammen war Marias Blick nicht abwesend, sondern kindlich und fröhlich. Sie zeigte mir alles, was sie sah. Einen Adler, der durch eine Wolke flog, das Bachbett mit seinen geschliffenen Kieseln. Es gefiel ihr, den Schnee unter den Schuhen knirschen zu hören. Sie antwortete ja und nein mit dem Kopf, ließ zu, dass ich ihr mit den Händen durch die aschblonden Haare fuhr, die ihr die Mutter jetzt, da die Sonne wieder schien, sorgfältig wusch. Ich verbrachte mit ihr jene endlosen Tage, denen man nur schwer einen Sinn geben konnte, und ab und zu nannte ich sie unwillkürlich Marica. Wenn es dagegen regnete, saßen wir im Haus, und Maria malte in mein Notizbuch. Sie zeichnete Pferde mit dichten Mähnen, Hunde mit langhaarigem Fell.

»Malst du, weil du nicht schreiben kannst?«, fragte ich.

Dann nahm ich ihre Hand und führte sie beim Schreiben ihres Namens. Maria lachte vor Freude, als sie sah, wie sich die Buchstaben formten.

»Erinnerst du dich jetzt?«

Sie nickte voller Staunen und griff aufgeregt nach meiner Hand, um mich zu bitten weiterzuschreiben. Ich zeigte auf die Kiefern, die Wolken, die Sonne und ließ sie dann diese Wörter auf ein Blatt schreiben. Daneben machte sie eine Zeichnung, und in wenigen Tagen schufen wir eine kleine ABC-Fibel, die Maria stolz ihren Eltern und dem Großvater zeigte.

Wenn ich sagte, ich sei müde, ging sie in den Schnee hinaus und kniete sich hin, dann stand sie wieder auf und betrachtete zufrieden ihre Umrisse im Weiß. Ich sah ihr von drinnen zu, und ich weiß nicht warum, aber mir kamen die Tränen.

Am Abend auf dem Blätterlager wollte ich nicht einschlafen, weil ich ahnte, dass ich von dir träumen würde. Doch fast immer träumte ich von dem blonden Jungen, der an meiner Schulter eingeschlafen war und der nun kam und mich schreiend weckte: »Trina, der Krieg ist aus!«

Manchmal sagte ich zu Erich: »Wir werden unser ganzes Leben hier leben, und eines Tages, wenn wir nicht darauf gefasst sind, wird ein Deutscher oder ein Italiener kommen und uns von hinten erschießen.«

Dann atmete Erich tief ein, schob die Fäuste abrupt tiefer als sonst in die Taschen und wechselte das Thema: »Morgen gehe ich zu einem Bauern und lasse mir ein Stück Käse geben, dann können wir zwei auch mal alleine spazieren gehen.«

Doch dazu kam es nie, weil er mit dem Priester ein Gespräch anfing und ich gern Maria neben mir hatte. Und ich hätte auch gern die dicke Frau dabeigehabt, die mich immer aufmunterte. »Nur Mut, wir sind auch heute nicht gestorben!«, rief sie lachend, wenn mich das Heimweh überkam.

14

Gegen Ende 1944 häuften sich die Vergeltungsmaßnahmen der Deutschen. In den spärlichen Nachrichten, die bis zu uns heraufdrangen, war die Rede von angezündeten Bauernhöfen, deportierten Deserteuren, inhaftierten Angehörigen von Widerstandskämpfern. Deshalb beschlossen die Männer, immer zu zweit Wache zu schieben. Erich mit dem Priester, der Alte mit Marias Vater.

Und Letztere waren es, die an einem Januartag 1945 einen Trupp von fünf Soldaten kommen sahen, in schweren langen Mänteln und mit Schneestiefeln. Die Sonne war eben erst aufgegangen, und da die dicke Frau uns mit lautem Händeklatschen geweckt hatte, weil sie fand, wir müssten die wenigen hellen Stunden ausnutzen, waren wir schon auf den Beinen. Der Priester war der Einzige, der vor ihr aufstand. Er schlief am wenigsten von allen, und in über einem Jahr sah ich ihn nicht einmal im Bett liegen. Er schlief als Letzter ein, und wenn ich die Augen öffnete, trug er schon seinen Talar.

Die dicke Frau wärmte gerade einen Rest Gerstenkaffee, und der Priester stand vor dem Kamin, um das Feuer anzufachen. Da riss der Alte die Türe auf: »Die Deutschen, die Deutschen!«, schrie er heiser. Der dicken Frau fiel das Töpfchen aus der Hand.

»Haben sie dich gesehen?«

»Nein, aber sie werden in wenigen Minuten hier sein!«

»In dem Sack an der Tür sind Kekse und Zwieback!«, schrie sie und schob uns zur Hintertür hinaus. »Alle raus, schnell! Geht nach Osten, hinter den Kiefernreihen kommen die Heuschober.«

»Und du?«, fragte der Priester.

»Ich komme nach.«

Mühelos stapfte der Alte durch den körnigen Schnee und befahl uns, zwei Gruppen zu bilden. Seine – mit Maria und ihren Eltern – sollte vorgehen, und uns ermahnte er, sie nicht aus den Augen zu verlieren und schussbereit zu sein. Erich warf ab und zu einen Blick über die Schulter, um zu sehen, ob uns die Soldaten verfolgten, und wechselte Zeichen des Einverständnisses mit Marias Vater. Schon nach wenigen Schritten fühlte ich, wie meine Beine schwer wurden. Ich stellte mir vor, wie diese Bestien nun die dicke Frau prügelten oder vielleicht schon umgebracht hatten. Und bei diesem Gedanken bekam ich wieder Lust zu schießen.

Irgendwann blieb der Priester stehen und meinte, wir sollten anhalten und beten. Der Alte erwiderte, er solle keinen Unsinn reden. Danach trat der Priester zu mir und sagte, er kenne diese Berge in- und auswendig, denn als Kind sei er mit seinem Vater und seiner Schwester oft bis hier heraufgestiegen.

»Wird deine Mutter nachkommen?«

»Wenn sie ihr nichts antun, kommt sie bestimmt. Sie hat zwar zugenommen, ist aber noch gut zu Fuß.«

Als wir den Heuschober erreichten, befahl uns der Alte, laut und deutlich »Frieden« zu rufen, damit die drinnen uns hörten. Er zeigte mir Stiefelabdrücke im Schnee. Auch hier waren die Deutschen vorbeigekommen. Tatsächlich war der Heuschober leer, das Dach an einer Stelle zertrümmert und die Tür aufgebrochen. Auf dem Boden Lager aus durchnässten Blättern und verstreute Strohhalme.

»Sie haben von oben mit der Razzia angefangen«, sagte Marias Vater. »Wenn sie uns finden, bringen sie uns um.«

»Sie werden uns nicht finden«, schnitt ihm der Alte das Wort ab, »um diese Zeit sind sie längst wieder im Tal.«

Nacheinander betraten wir den Heuschober. Wir drängten uns aneinander wie Kaninchen, und

Marias Vater hielt seiner Tochter die Hände. Wir schwiegen. Als es dunkelte, bat der Priester uns erneut zu beten, und ihm zuliebe willigten wir ein. Lustlos wiederholten wir seine Worte. Maria sah mich mit ihren ausdruckslosen Augen an.

Die dicke Frau kam am Morgen. Mit langsamen Schritten und einem schlauen Lächeln auf den von der Kälte rissigen Lippen. Die Todesgedanken, die uns trotz aller Erschöpfung nicht hatten ruhen lassen, wichen für einen Moment von uns.
»Gott hat dich hierhergebracht!«, rief der Priester, als er ihr entgegenlief.
»Von wegen, Gott! Meine alten Beine waren das!«, schrie sie lachend.
Auch wir eilten hin, um sie zu umarmen, und sie gab uns die wenigen Sachen, die sie hatte mitnehmen können. Ein Bündel Gräser zum Kochen, ein Stück Speck, eine Tüte Polenta und eine Flasche Wein.
»Freut euch nicht zu früh. Das reicht nur für heute, höchstens noch bis morgen.«
Sie betrat den Heuschober, und selbst diese düstere und schmutzige Unterkunft ließ sie nicht verzagen. Erfrieren würden wir gewiss nicht, meinte sie. Ich sah sie an und bemühte mich, ein Lächeln zustande zu bringen. Um ihre unverwüstliche Tap-

ferkeit beneidete ich sie mehr als den Priester um seinen Glauben.

»Dich haben sie gesucht, die Deutschen«, sagte sie in vorwurfsvollem Ton zu ihrem Sohn. »Wenn du die Franziska geheiratet hättest, wäre das alles nicht passiert.«

»Ich bin mit Gott verheiratet, Mama«, wiederholte der Priester.

»Sie haben nachgeschaut, ob ich keine Deserteure verstecke. Schubladen und Schränke haben sie durchwühlt«, setzte sie noch hinzu und trank einen Schluck aus der Flasche, bevor sie sie weiterreichte. »Aber sie haben mir nicht geglaubt«, schloss sie untröstlich. »Als sie die Matratzen an der Wand lehnen sahen, haben sie geschworen, dass sie wiederkommen.«

Stumm sahen wir uns an, und um den Gedanken zu verscheuchen, schnitt sie für jeden ein Stück Speck ab. »Bevor sie abgezogen sind, haben sie im Küchenbuffet gestöbert und das bisschen, das noch da war, eingesackt. Zum Glück haben sie die Säcke mit Polenta nicht bemerkt. Morgen kann einer von euch sie holen und uns dann sagen, ob wir zurückkönnen«, schloss sie kauend.

»Meinst du, die kommen wirklich wieder?«, fragte Erich.

»Ich hoffe, sie krepieren!«, antwortete sie.

Neben der dicken Frau machte mir die Angst weniger zu schaffen. Durch das Zusammensein mit ihr würde auch ich eines Tages so werden. Mütterlich mit Fremden, ohne Besitzanspruch den Dingen gegenüber, selbst wenn es sich um das eigene Haus, das Essen, die Wärme des Kamins handelte.

Nachdem wir den Speck vertilgt hatten, ging Erich mit Marias Vater Holz sammeln, und der Alte stellte sich wieder als Wache auf die Schwelle. Er umklammerte das Gewehr und hielt es auf den Abhang gerichtet, den wir am Abend zuvor heraufgeklettert waren.

Das Feuer wollte nicht richtig brennen, weil die Äste, die sie auftreiben konnten, feucht waren vom Rauhreif. Der Heuschober füllte sich mit beißenden Rauchschwaden.

Sobald es tagte, wollte sich der Alte allein auf den Weg zum Bauernhof machen.

»Ich komme mit«, sagte Marias Vater mit seinem unbewegten Blick.

»Bleib hier. Es hat keinen Sinn, dass wir beide auf einmal sterben.«

Als er zurückkehrte, war es schon Abend. Im Dunkeln hörten wir ihn mehrmals »Frieden« sagen, dann öffnete sich die zersplitterte Tür. Mit seinem schweren Schritt trat er herein, setzte sich wortlos neben seine Enkelin, legte das Gewehr auf den Boden und rieb seine Hände über der Flamme.

»Hof und Stall gibt es nicht mehr. Die Schweine haben alles niedergebrannt.«

15

Fast drei Monate lang lebten wir zusammengepfercht in dem Heuschober. Maria litt ständig an Fieber, und mir träumte, ich würde sie tot auf dem zerdrückten Stroh finden. Dürr, knochig, mit eingefallenen Gesichtern – so sahen wir nun aus. Das einzig Positive war, dass die Erschöpfung weniger Raum für die Angst ließ. Abgesehen von Wacholderbeeren und gekochtem Gras aßen wir kaum etwas. Tagelang sogar überhaupt nichts. Die Vettern konnten uns immer weniger Polenta überlassen. Gerade genug für einen Schöpflöffel pro Kopf mittags und abends, danach waren wir erneut auf das angewiesen, was die Männer ergattern konnten. Bauern, die bereit waren, ein Stück Fleisch oder Käse zu verkaufen, fand man so gut wie gar nicht mehr. Wer die Vergeltungsaktionen überlebt hatte, ließ niemanden nahe kommen, und auch wenn man ihm ein Bündel Geldscheine unter die Nase hielt, antwortete er, ein altes Huhn sei mehr wert.

Ende April ging Marias Vater mit Erich los, um

die Vettern zu treffen. Wenn man denn sterben musste, dann lieber an einem Kopfschuss, als zu verhungern oder von den Wölfen zerfetzt zu werden. Wir konnten nicht mehr weiterleben ohne absehbares Ende, ohne eine Frist, an die wir uns klammern könnten, um es noch länger dort oben auszuhalten. Tag für Tag verschwand der Rest der Welt mehr aus unserem Gedächtnis.

Nach diesem Treffen brachten sie uns außer Polenta auch noch Zucker und ein Fläschchen Apfelwein mit. Doch vor allem sagten sie, der Krieg sei bald überstanden.

»Die Amerikaner befreien ganz Europa. Hitler ist am Ende, es dauert nicht mehr lange!«, verkündeten sie. »Haltet durch, beim nächsten Mal könnt ihr mit uns absteigen.«

Als Erich und Marias Vater zurückkamen, sahen wir, wie sie sich gegenseitig den Flachmann reichten. Sie lachten unter ihren struppigen Bärten. In der Hütte umarmten wir uns alle, und der Alte reckte das Gewehr in die Luft. Dann setzte die dicke Frau Wasser auf und sagte, sie wolle zur Feier des Tages süße Polenta kochen.

»Das gibt einen schönen Löffelvoll pro Kopf!«, rief sie begeistert, indem sie den Sack in den Händen wog.

»Soll ich dir helfen?«, fragte ich.

»Geh du nur ein wenig raus mit Maria, das wird euch guttun«, erwiderte sie.

Das Mädchen stand an der Tür und sah mich an wie ein Hündchen. Wir steuerten auf die Kiefern zu. Hinter uns gingen Erich und der Priester, auch sie damit beschäftigt, sich die Heimkehr auszumalen. Hübsch war Maria mit dem Schal um den Hals, den ich ihr geschenkt hatte. Wenn ich sie so ansah, dachte ich oft, du würdest ihr vielleicht ähneln.

Wir hatten den Weg für unsere Spaziergänge festgelegt. Falls einer nicht zurückkam, wussten wir auf diese Weise wenigstens, wo wir suchen sollten. Nachdem wir alle vier das übliche Bachbett erreicht hatten, sammelten wir wie immer frische Blätter, um unsere Strohsäcke aufzupolstern. Maria wollte mich zum Fechten herausfordern, mit Zweigen als Degen. Ich war ihre Spielgefährtin geworden. An jenem Morgen gingen wir noch ein Stück weiter als sonst. Bei unserer Rückkehr stand die Sonne schon hoch. Wie immer hatten wir Hunger, und Maria leckte sich die Lippen beim Gedanken an die Polenta mit Zucker.

In der Hütte glich der Körper der dicken Frau dem eines kleinen unbekümmerten Mädchens. Sie lag auf dem Bretterboden, der unter ihrem Gewicht eingebrochen war. Es lief noch Blut aus ihrem Nacken und zeichnete seltsame Schnörkel auf die Erde. Der von Kugeln durchsiebte Alte umklammerte sein Gewehr, und die Hand der Tochter lag auf seiner Brust. Marias Vater hatten sie im Schlaf getötet, er lag auf den alten Blättern, die wir durch die frisch gesammelten hatten ersetzen wollen. Seine Decke war blutgetränkt.

Am Abend las der Priester die Messe, und ich ging hinaus, um nicht zuhören zu müssen. Während er sprach, hielt ich vor der Tür mit der Pistole Wache. Erneut nahm ich den Blutgeruch wahr. Die Lust zu töten.

Zusammen gruben wir ein Grab. Wir legten sie übereinander, da uns die Kraft fehlte, vier Gräber auszuheben.

In den folgenden Nächten griff auch der Priester zum Gewehr und betete nicht mehr auf Knien. Ich glaube, dass auch er den Blutgeruch wahrnahm. Maria schlief bei mir. Ich erzählte ihr Märchen über die Möwen und das Meer, das ich nie gesehen hatte. Ich flehte sie an, einige Löffel von der süßen Polenta zu essen, die die dicke Frau gekocht hatte, doch sie weigerte sich hartnäckig.

Wir sprachen kein Wort, kein einziges Wort, bis Erich von der geheimen Stelle zurückkam, an der die Vettern die Vorräte hinterlegten. An diesem Tag im Mai sagten sie, wir könnten herunterkommen. Der Krieg war zu Ende.

DRITTER TEIL
Das Wasser

I

Mit Maria an der Hand stiegen wir von den Bergen herunter, und bei jedem Schritt wurde die Erde unter unseren Füßen grüner und sonniger. Wir ließen die Kälte hinter uns, den Schnee, der dort oben noch immer fiel, die begrabenen Freunde. Erich ging vor uns, und der Priester hatte das Gewehr des Alten umgehängt. Es war ihm nicht mehr zuwider. In einer der letzten Nächte hatte ich gehört, wie er sich unruhig im Schlaf hin und her gewälzt hatte. Sein Frieden war dahin, wie der von uns allen.

In der Talmulde angekommen, wo die Wege begannen, blieb der Priester stehen und sagte: »Wir gehen dort entlang weiter nach Mals.«

Maria befreite ihre schmalen Finger aus meiner Hand und schaute mich zum letzten Mal mit ihren staunenden Augen an.

»Sie wird bei mir wohnen. Sie wird die Kirche in Ordnung halten und die Glocken läuten. Ich werde für sie sorgen.«

Wir sahen sie zwischen den dichtstehenden Bäumen verschwinden. Ein seltsames Licht fiel durch die Blätter.

Schweigend wanderten Erich und ich weiter hinunter, allein wie beim Aufstieg. Ich hielt seine Hand, bis Graun in Sicht kam. Als wir aus dem Wald traten, blickten wir uns misstrauisch um, unentschlossen, ob wir die Pistolen einstecken oder weiter den Finger am Abzug halten sollten. Die Wolken hatten sich verzogen, und der Himmel war eine eintönige, tiefblaue, festlich leuchtende Fläche. Auf den Straßen sah man überall Leute, als sei der Krieg ein Alptraum gewesen, den der Tag verscheucht hatte. Mir schien, als röche ich den Duft von warmem Brot.

Als ich unser Haus sah, liefen die Beine von allein los. Sofort wollte ich die Fenster aufreißen, um Luft hereinzulassen, die keine Kriegsluft mehr war. An der Schwelle drehte ich mich um und betrachtete das Dorf. Das Vieh graste im Tal, und die Wagen der Bauern, die am Waldrand das frische Heu einbrachten, waren noch dieselben. Erich sah mich mit vor Müdigkeit geröteten Augen an. Sein Bart war weiß und struppig.

Auf dem Stuhl zusammengesunken, die erloschene Zigarette zwischen den Fingern – so trafen wir Michael an. Es war, als säße er da und wartete auf den Tod. Auf dem Tisch Tabakkrümel und das zerknitterte Foto des Führers.

»Soll ich gehen?«, fragte er, ohne uns anzuschauen.

»Tu das Foto weg«, befahl Erich.

Michael reichte es mir und hob endlich den Kopf.

»Er ist tot«, sagte er und zeigte auf Hitler.

Seine Haut war gespannt, die Schultern schlaff. Seine Kleider rochen nach Dieselöl.

»Ich habe es nicht mehr geschafft, euch den besten Fluchtweg zu sagen, sie haben mich gleich nachts losgeschickt.«

»Geh dich jetzt umziehen«, sagte ich zu ihm.

Nebenan schlief Erich schon, er hatte nicht einmal die verdreckten Kleider abgelegt. Er schlief zwei Tage durch. Ich kehrte die wolligen Spinnweben weg, die in den Mauerecken hingen, die toten Fliegen an den Scheiben, und eilte hinaus, um auf Pump Brot und Milch zu kaufen. Ich hatte eine unbändige Lust auf heiße Milch. Ich ging zu den Höfen von Florian und Ludwig, um zu fragen, ob sie noch lebten, ob das Vieh noch lebte, das wir bei ihnen gelassen hatten. Und wunderbarerweise war alles noch da.

Ich trieb die Kühe und Schafe zum Brunnen, dann führte ich sie in den Stall. Besenschwingend verjagte ich die Mäuse und besorgte einige Säcke Heu. Auf den Straßen sah ich Krüppel, einbeinig, einarmig, am Auge verletzt. Man erkannte ihre Gesichter nicht wieder. Sie stützten sich auf ihre Krücken, und ich wandte den Kopf ab vor Scham, davongekommen zu sein. Sie im Bombenhagel, hinter den Maschinengewehren, Erich und ich am Kamin der dicken Frau. Es gab auch Leute, die auf der Straße Bier tranken und feierten. Andere sprachen davon, die wenigen zu verprügeln, die '39 für das Reich optiert hatten und nun mit niedergeschlagenem Blick und staatenlos zurückgekehrt waren. Und wieder andere fluchten im Wirtshaus, weil wir nun Italiener bleiben würden. Das österreichische Kaiserreich gab es längst nicht mehr. Der Nationalsozialismus hatte uns nicht gerettet. Und auch wenn der italienische Faschismus am Boden war, würden wir nie mehr dieselben sein wie vorher.

Ich wollte Maja besuchen und in die Arme schließen, gleichzeitig scheute ich davor zurück, weil ich nicht mehr die Trina war, die sie kannte. Ich hatte Eisbrocken gelutscht, um meinen Durst zu stillen. Ich hatte Menschen in den Rücken geschossen. Ich nahm meinen Mut zusammen und ging den Weg aus Schotter und Kies entlang, der durch das stachelige Gras führte. Ich klopfte an die Haustür.

»Sie ist voriges Jahr weggezogen«, sagte die Mutter, ohne mein Gesicht zu erkennen. »Sie arbeitet in Bayern als Lehrerin.«

Ich wollte ihr die Briefe schicken, die ich in den Bergen an sie geschrieben hatte, doch dann behielt ich sie. Manchmal las ich abends darin, so wie ich es mit deinem Heft gemacht hatte, dann, eines Nachts, als ich nicht einschlafen konnte, zerriss ich sie zusammen mit denen an Barbara. Wörter konnten nichts ausrichten gegen die Mauern, die das Schweigen errichtet hatte. Sie sprachen nur von dem, was es nicht mehr gab. Also war es besser, wenn keine Spur davon blieb.

Wir nahmen unser gewohntes Leben wieder auf. Ein hartes Leben. Wir besaßen nur ein halbes Dutzend Schafe und drei Kühe. Für unseren Lebensunterhalt sorgte Michael, der Vaters Werkstatt wiedereröffnete. Die Zerstörung, die der Krieg gebracht hatte, war unsere Rettung. Alle brauchten Tische, Stühle, Schränke und Bänke. Erich ging ihm zur Hand, und so war es in diesem Sommer '45 erneut an mir, die Gemüsebeete anzulegen und das Vieh auf die Weide zu treiben. Wieder aß ich allein Brot und Käse auf den Hängen. Ich betrachtete die unermesslich weiten Täler, während die Kühe grasten und der Wind über die Halme strich. Ich hatte überall Schmerzen, als wäre mir der Schnee noch auf den Fersen. Als schliefe ich noch auf fauligen Blättern. Auf der Weide streunte ein alter Hund mit rotem Fell herum, leckte mir die Hände und legte sich neben mich. Ich streichelte seinen Schwanz, ab und zu warf ich ihm einen Happen von meinem Essen zu. Er hütete die Kühe, und sie gehorchten ihm. Ich nannte ihn Fleck und beschloss, ihn mit heimzunehmen, ein wenig Gesellschaft würde mir guttun.

Eines Morgens sah ich dich zwischen den Bäumen. Du warst noch ein Kind. Ich überließ das Vieh dem Hund und folgte dir. Ich rief dich, aber du gingst weiter, mit langsamem Schritt und geradem Rücken. Du hattest nur ein Hemdchen an und warst barfuß. Ich beschleunigte, verfolgte dich, rannte dir hinterher und rief deinen Namen. Meine heisere Stimme verlor sich im Rauschen der Lärchen. Der Abstand zwischen uns blieb immer gleich, obwohl du langsam gingst. Ich rannte, bis ich mich ganz außer Atem und mit wackeligen Beinen an einen Baum lehnen musste. Ich hämmerte mit den Fäusten gegen den Stamm und schrie, du seist an unserem Elend schuld, daran, dass Michael ein Nazi geworden war, daran, dass ich auf die Deutschen geschossen hatte. Du, du allein warst schuld. An allem. Und auf dem Rückweg schwor ich, dass ich zu Hause alle deine Spielsachen wegwerfen würde. Die Holzpuppe, die Vater dir gebastelt hatte, würde ich in den Ofen werfen.

2

Sonntags ging Erich in die Messe. Manchmal begleitete ich ihn, und wir setzten uns auf die hinterste Bank, wo ich vor vielen Jahren mit Maja und Barbara gesessen hatte.

Eines Tages nahm er das Fahrrad, sagte: »Komm, steig auf«, und radelte mit mir bis zur Baustelle.

Fleck folgte uns, und als wir ankamen, sah er uns mit hechelnder Zunge an. Man hörte die Bussarde, den Bach, das Bellen der Hunde. Die Sonne durchdrang alles außer dem schmalen Schatten der Bäume. Rauchend betrachtete Erich mit zusammengekniffenen Augen die künstliche Sperre, die verlassenen Gruben, ein paar alte Baracken mit zerbrochenen Brettern, in denen vorher auf engstem Raum die Bauarbeiter gewohnt hatten.

»Vielleicht hatten die anderen recht«, sagte ich zu ihm, »sie konnten ihn nicht bauen.«

»Wir haben Glück gehabt, Trina.«

Erleichtert schauten wir uns an, und Erich wusste nicht, ob er mich mitten in den Bauruinen umarmen oder in seinem Misstrauen befangen bleiben sollte.

»Erst wenn sie alles abtransportiert haben«, sagte er und zeigte auf die Kräne und die Erdhaufen, »wenn die Gräben zugeschüttet sind und ich hier wieder Gras wachsen sehe, erst dann brauchen wir uns tatsächlich keine Sorgen mehr zu machen.«

Tag für Tag trafen Möbelbestellungen in Michaels Werkstatt ein, und dank der niedrigen Preise ließ die Bezahlung nicht zu lange auf sich warten. Ich durfte endlich unterrichten – nun gab es in Südtirol zwei Schulen: eine italienische und eine deutsche –, und mein Lehrerinnengehalt zusammen mit dem Verdienst aus der Schreinerei ermöglichte uns ein anständigeres Leben.

Erich sagte: »Sobald wir etwas Geld beiseitelegen können, kaufe ich weitere Kühe, lasse sie decken, und dann haben wir den Stall voller Kälbchen. Dann schicken wir die Tiere wieder auf die Alm und verkaufen sie auf den Jahrmärkten zu einem guten Preis.«

Wie alle anderen waren auch wir vom Krieg erschöpft und sehnten uns gleichzeitig nach einem Neubeginn. An den Tagen, an denen wir uns kräftiger fühlten, malten wir uns aus, wie wir zu Hause auf den Regen lauschen würden, der auf das Dach trommelt, während wir im Warmen sitzen und uns am Kachelofen Geschichten erzählen. Endlich ohne Angst.

Michael und Erich hielten sich in ihren Reden zurück. Michael trauerte immer noch dem Führer nach und half in diesen Jahren mehreren Naziverbrechern, sich falsche Pässe zu besorgen, um nach Südamerika auszuwandern. Erich hatte ihn umstandslos wieder zu Hause aufgenommen, er aß mit ihm und arbeitete mit ihm, aber seine Zuneigung zu ihm war dahin. Für Erich zählten die Ideen im Leben mehr als die Gefühle.

Eines Abends brachte Michael ein Mädchen aus Glurns mit nach Hause. Er hatte sie kennengelernt, als ihr Vater einige Stühle bei uns reparieren ließ. Sie sagten, sie wollten heiraten und sie würde bei der Buchhaltung der Schreinerei helfen, wie ich es als junge Frau gemacht hatte. Sie war ein zurückhaltendes Mädchen, entschuldigte sich jedes Mal, bevor sie etwas sagte, und begann alle Sätze mit: »Meiner Ansicht nach«. Sie hieß Johanna.

»Wir würden gern auf dem Hof der Großeltern wohnen«, sagte Michael.

»Da musst du Mutter fragen«, antwortete ich hastig. Ich hatte noch nicht herausfinden können, ob es ihr gutging und ob sie immer noch beim Peppi in Sondrio wohnte.

Michael nickte und sagte fest entschlossen: »Ich werde sie besuchen. Ich will, dass Großmutter zur Hochzeit kommt.«

Ich dachte, er hätte es nur so dahingesagt, doch eines Tages fuhr er tatsächlich nach Sondrio und nahm mich mit. Zum Essen machten wir in einem Wirtshaus halt, und er behandelte mich wie eine Königin. Er schenkte mir Wein ein, und wenn ich ihm antwortete, mir sei schon ganz schwindlig, lachte er und schenkte mir nach. Es kam mir unwirklich vor, hier mit Michael an diesem Tisch in der Gaststube eines unbekannten Wirtshauses zu sitzen, unter einer Lampe, deren gedämpftes Licht auf unseren Körpern erstarb. Lange betrachtete ich sein Gesicht, seine großen, feuchten Augen, die wie die eines trotzigen Jungen dreinschauten. Wir sprachen darüber, wie gut das Fleisch war und wie schön das Lokal, doch sonst hatten wir uns nichts zu sagen. Vielleicht, weil man nach dem Krieg zusammen mit den Toten alles begraben muss, was man gesehen und getan hat, und davonrennen, bevor man selbst zusammenbricht. Bevor die Gespenster zur letzten Schlacht rufen. Es freute mich, dass wir so über nichts sprachen. Außerdem hätte ich, selbst wenn Michael der schwärzeste Mörder gewesen wäre, nichts anderes tun können, als mit ihm am Tisch sitzen zu bleiben und weiterzuessen. Und ihm zu gestehen, dass auch ich getötet hatte.

»Du hast mir nicht verziehen, nicht wahr?«, sagte er, den Teller beiseiteschiebend. »Ich weiß, dass du mir nicht glaubst, aber ich wäre tatsächlich gekommen, um dir den besten Fluchtweg zu sagen.« Verlegen zerkrümelte er das Stück Kuchen auf dem Teller.

Ich war mir nicht sicher, ob er ehrlich war, aber die Wahrheit interessierte mich gar nicht mehr, weniger denn je. »Ich hatte Angst, dass sie dir etwas antun würden, wenn sie entdeckten, dass wir geflohen waren«, sagte ich zu ihm.

»Sie haben mir nur deshalb nichts getan, weil ich mich freiwillig gemeldet hatte.«

Das Wirtshaus war so gut wie leer, als wir schließlich aufbrachen. Während das Auto schnell die Straße entlangfuhr, fragte mich Michael, ob ich mich noch erinnerte, wie er mir als kleiner Bub Enziansträußchen gepflückt hatte und ich nie wusste, wo ich sie hintun sollte. Dazwischen zeigte er mir die Kontrollposten der Deutschen, wo sich bis vor kurzem soundso viele Soldaten mit Maschinenpistolen aufgehalten hatten. Er erzählte mir auch von den Partisanen, die er in den Wäldern im Comacchio-Tal gefangen genommen hatte, und von seinen Kameraden, die vor seinen Augen von Partisanen umgebracht worden waren.

»Nicht einmal die Leichen der Freunde wollten sie uns herausgeben«, sagte er zähneknirschend.

Auf der Piazza Garibaldi in Sondrio herrschte reger Betrieb, und auch hier sah man es den Gesichtern an, dass die Leute den Krieg hinter sich lassen wollten. Hätte Vater noch gelebt, hätte auch er den Frieden in der Luft spüren können.

Wir klapperten die Geschäfte ab. Michael öffnete die Glastür, schob mich vor, und ich fragte auf Italienisch: »Wissen Sie, wo die Familie Ponte wohnt?«

Doch Ponte gab es unendlich viele in Sondrio, so dass wir stundenlang umsonst herumfragten.

»Vielleicht finden wir sie nicht, weil sie tot sind«, sagte ich, während ich mich bei ihm unterhakte.

»Du bist wie Papa geworden, siehst immer nur schwarz«, antwortete er unwirsch und blickte geradeaus.

Es war schon dunkel, als wir aufhörten zu suchen. Michael sagte, wir würden es nicht schaffen, noch nach Graun zurückzukehren. Erneut führte er mich in eine Trattoria, doch ich bestellte nur eine Tasse Milch. Wir unterhielten uns mit dem Wirt und meinten, es sei doch nicht möglich, dass in sämtlichen Geschäften der Stadt keiner diese Ponte kannte.

»Wie heißt die Frau Ihres Bruders?«, fragte er.
»Irene«, antwortete ich.
Er runzelte die Stirn, murmelte mehrmals den Namen vor sich hin, dann schlug er plötzlich mit der Hand auf den Tresen und sagte, er habe es.
»Die Familie Ponte, die Sie suchen, ist in die Schweiz gezogen. Ich kenne sie gut, sie sind '44 nach Lugano geflohen. Ich glaube nicht, dass sie zurückkommen.«
Der Wirt gab uns ein Zimmer, Michael und ich hatten nicht einmal einen Schlafanzug. Es machte mich verlegen, mit ihm in einem Bett schlafen zu müssen. Als wir uns hinlegten, dachte ich, er würde mir von dieser Johanna erzählen, die er heiraten wollte und die ich nur einmal flüchtig gesehen hatte, doch er knipste das Licht aus und fiel in Tiefschlaf.
Im Morgengrauen brachen wir auf. Als wir Lugano erreichten, spiegelte sich der fahle Himmel im glatten Wasser des Sees. Auf dem Rathaus erfuhren wir, wo sie wohnten. Mutter, ihre Kusine Teresa, Irene, der Peppi und ein sehr kleines Kind lebten in einer Vorstadtwohnung zusammengepfercht. In einem winzigen Haus, dessen Fassade von schrägen Rissen durchzogen war. Mutter umarmte Michael und sagte kichernd: »Ich dachte, sie hätten dich umgebracht.« Mich begrüßte sie, als hätten wir uns tags zuvor zum letzten Mal gesehen, und

streichelte flüchtig mein Gesicht. Der Peppi war der ungeschickteste Vater der Welt, und als er das Kind fütterte, spuckte es ihm den Brei umgehend aufs Hemd.

Wir tranken Kaffee – echten Kaffee, weder aus Gerste noch aus Zichorie –, und danach kündigte Michael seine Hochzeit an. Mutter nahm mich beiseite und sagte: »Trina, ich bleibe hier. Dein Bruder braucht Unterstützung, meine Kusine ist allein, und hier herrscht Frieden. Ihr tätet auch gut daran, aus Graun wegzuziehen.«

Nach dem Leben in den Hütten, nach Erich, der desertiert war, nach mir, die auf die Deutschen geschossen hatte, fragte sie mich nicht. Mutter war alt geworden, ihre Augen waren farblos und ihr Gesicht zerknittert wie ein dürres Blatt. Und doch ballte sie noch die Fäuste, kämpfte noch immer darum, sich die Tage nicht von zu vielen Gedanken rauben zu lassen.

»Gedanken sind wie Zangen, lass sie los«, hatte sie immer gesagt, wenn wir am Fluss Wäsche wuschen, oder an manchen Abenden, wenn wir bis spät flickten und stopften.

Natürlich waren Graun und der Bauernhof ihr Leben, doch Mutter verstand es, sich rechtzeitig von ihren Erinnerungen, ja selbst von ihren Wurzeln zu lösen, bevor sie sie ganz gefangen nahmen. Nie verlor sie sich, wie es die Alten tun, in Geschichten von früher, und auch wenn sie von Vater sprach, schien sie weniger bestimmte Momente heraufzubeschwören, als es ihm vielmehr übelzunehmen, dass er sich einfach davongeschlichen und sie alleingelassen hatte. Mutter war eine freie Frau, wirklich.

Zur Hochzeit kamen einige Freunde von Michael, Johannas Kusinen, ein paar Nachbarn aus den anderen Höfen. Erich unterhielt sich während des gesamten Essens mit Johannas Vater. Er sagte, Michael sei ein Sturkopf, habe aber ein großes Herz. Wir aßen bei Karl, der Hammelbraten servierte und etliche alte Flaschen köpfte. Johannas Kusinen tanzten, und beim Walzer holten sie auch Mutter, in deren Augen dicke Tränen glänzten, so glücklich war sie, dem Brautpaar ihren Hof zu übergeben.

»Hättet ihr ihn nicht genommen, wären die Mäuse darüber hergefallen«, sagte sie und hielt den beiden die Hände.

Vom Fenster des Wirtshauses sah man Graun, und noch nie war es mir so schön vorgekommen. Erich und ich waren wieder im Warmen, der Krieg war zu Ende und hatte keinen der wenigen Menschen getötet, die mir wichtig waren. Es war schwierig, das zu akzeptieren, aber alles lag hinter uns. Ich durfte nur nicht mehr an dich denken.

3

Ein Tag im Januar 1946. Eisiger Nebel hing in der Luft. Den Schal über die Nase gezogen, schlichen die Frauen auf dem Rückweg vom Markt dicht an den Hauswänden die Straße entlang. Auf den Feldern ließen die Bauern die Hacke sinken, um in ihre Hände zu hauchen, und zählten die Stunden, bis sie heimgehen und sich vor den Ofen setzen konnten. Ein Obstverkäufer, der in Karls Wirtshaus ein paar Gläser kippte, bevor er sich wieder nach Hause aufmachte, berichtete von den Neuigkeiten.

Eilig zogen wir die Stiefel an und liefen nachsehen. Erich keuchte beim Gehen, und ich blickte zu Boden. Sie hatten wieder zu graben begonnen. Dutzende von Traktoren waren angekommen, Bagger schaufelten Erde auf randvolle Lastwagen, und diese kippten sie auf einen Wall, der sichtlich in die Höhe wuchs. Der größte und tiefste Graben, den ich je gesehen hatte. Die Planiermaschinen zeichneten das Kanalbett vor. Weiter drüben zogen Hunderte, im Nu von wer weiß woher aufgetauchte

Bauarbeiter große Hallen hoch, die Lagerräume und Werkstätten, Kantinen und Unterkünfte, Büros und Labors beherbergen sollten. Überall erschütterten Eisenklirren und Motorengedröhn die Luft. Erich bat mich, diese Italiener zu fragen, wer sie geschickt habe, seit wann sie wieder arbeiteten. Sobald sich einer von ihnen näherte, fragte ich, doch die Männer hoben bloß einen Augenblick den Kopf und schufteten sofort weiter, ohne mir zu antworten.

Neben der Baustelle stand eine Hütte mit offener Tür. Man sah einen Tisch und auf dem Tisch Ordner und Stöße von Papier.

»Eintritt verboten«, sagte auf Deutsch ein Mann mit tief in die Stirn gezogenem Hut und einer Zigarre zwischen den Zähnen.

»Haben die Bauarbeiten wieder begonnen?«

»Sieht ganz danach aus«, antwortete er höhnisch.

Die Tür schlug zu. Zwei Carabinieri befahlen uns, Abstand zu halten und die Absperrungslinie nicht zu überschreiten.

Als wir wieder heimgingen, hielt ich den Blick noch tiefer gesenkt. Wenn die italienische Regierung erneut Arbeiter heraufgeschickt hatte, um den Staudamm zu bauen, dann würden eines Tages auch der Duce und der Krieg und Hitler und das Leben als Deserteure in Schnee und Eis wiederkommen, es war also völlig vergeblich zu hoffen, dass die Vergangenheit früher oder später überwunden werden könnte. Es war Schicksal, dass sie eine offene Wunde bleiben würde.

Erich ging sofort von Hof zu Hof. Aufgeregt erzählte er, was er gesehen hatte. Den riesigen Graben, die unzähligen Bauarbeiter, die Carabinieri vor der Hütte, die hohen Zementsäulen. Die Männer sagten, er solle endlich Ruhe geben, seit mehr als dreißig Jahren sei doch schon nichts daraus geworden. Sollten die Arbeiter aus den Abruzzen nur Rohre verlegen, um sie dann wieder rauszuholen, sollten die Leute aus dem Veneto und aus Kalabrien nur weiter Zäune errichten und wieder ausreißen, wenn sie das so toll fanden. Die Alten antworteten ihm, sie seien alt, alt und müde, und nun seien die Jungen an der Reihe, sich die Ärmel hochzukrempeln. Doch die wenigen jungen Leute, die es noch gab, speisten ihn mit der Bemerkung ab: »Ein Grund mehr, um von hier wegzugehen.« Daraufhin wandte Erich sich an die Frauen. Aber auch die schüttelten den Kopf und wiederholten, Gott werde das nicht zulassen, Pfarrer Alfred werde uns beschützen, schließlich sei Graun Bischofssitz. Nur einer, ein Heimkehrer, den man nie auf dem Marktplatz sah, gab Erich recht.

»Wenn die den Staudamm bauen, holen wir die Pistolen raus, die wir von der Front mitgebracht haben, und legen selbstgemachte Bomben, wie wir es gelernt haben«, sagte er. »Die sollen nur aufpassen, die Herren von der Montecatini. Das Dorf strotzt jetzt von Waffen.«

Beim Abendessen verlor Erich kein Wort. Während er eine Tasse Brühe runterkippte, sagte ich wie schon so oft, dass wir wegziehen sollten von diesem verfluchten Ort, wo nur eine Diktatur auf die andere folgte und man auch ohne Krieg keinen Frieden mehr fand. Er blickte mich schief an und zeigte mit einem Heben des Kinns aus dem Fenster, so als würden mir nach all den Jahren immer noch die Gründe entgehen, die ihn hier hielten, festgeklammert wie Efeu.

Erschöpft warf er sich aufs Bett, die Hände im Nacken verschränkt, steckte sich eine Zigarette an und blies den Rauch zur Decke. An die Wand gelehnt, sah ich ihn an.

»Bring mir Italienisch bei, Trina. Ich kenne die Wörter nicht, die ich brauche, damit sie mich anhören«, sagte er.

Von dem Tag an setzten wir uns jeden Abend nach dem Essen an den Tisch, schrieben Gedanken und Listen von Wörtern auf, ich las ihm Geschichten vor, genau wie dir früher und wie ich sie auch Maria erzählt hatte. Stundenlang sprachen wir italienisch.

Wenn er vom Feld kam und ich ihm im Zuber den Rücken schrubbte, bemühte er sich, mir seine Gedanken in dieser Sprache anzuvertrauen. Er nahm den Unterricht so ernst, dass er mich, wenn ich einen Augenblick abschweifte, sofort ermahnte, bei der Sache zu bleiben. Ich stellte Listen von Verben und Nomen zusammen, sang ihm die Lieder vor, die ich bei Barbara gehört hatte, brachte ihm Sätze bei, die er schon am nächsten Morgen vergessen hatte.

»Ich weiß nicht mehr, wie man lernt«, sagte er und hieb sich mit den Fäusten auf die Schenkel, bevor er den Kopf entmutigt auf den Tisch legte.

Er sah aus wie ein gealtertes, von seinen Zwangsvorstellungen erdrücktes Kind.

4

In Staubwolken gehüllt, gruben die Bauarbeiter im Laufe weniger Wochen mit Bohrmaschinen die Tunnels, und man sah sie nicht mehr hinter dem Drahtzaun hin und her laufen. Aus den Gruben kamen weiterhin Lastwagen voller Steine. Andere luden Sand ab. Ganze Reihen von Mischmaschinen produzierten den Stahlbeton, den die Maurer dann zu Platten für den Bau des Damms, der Streben und der Schleusen verarbeiten würden. Der Mann mit Hut blieb ab und zu stehen, um ein paar Worte mit Erich zu wechseln. Er stellte sich neben ihn, zündete seine Zigarre an und betrachtete die Berge. Er war Italiener, sprach aber fließend Deutsch.

»Amico, geh heim zu deiner Frau. Wir werden noch jahrelang hier zugange sein.«

»Ich will, dass ihr verschwindet«, sagte Erich.

Daraufhin deutete der Mann ein schiefes Lächeln an und blies, ohne den Blick von den Bergkämmen abzuwenden, Rauchkringel in die Luft.

»Komm rein, wenn du willst«, sagte er und öffnete die Tür der Hütte.

Drinnen roch es nach Staub und Tinte, Papier und Kaffee.

»Um die Arbeiten zu stoppen, braucht man die Unterstützung der Leute, die etwas zu sagen haben.«

»Und wer ist das?«, fragte Erich und beugte sich vor. »Wer sind die Leute, die etwas zu sagen haben?«

Der Mann mit Hut sah sich in dem kahlen Raum um. Er aschte in einen steinernen Aschenbecher und erwiderte, den Rauch noch in der Kehle: »Die Bürgermeister der anderen Dörfer, die Regierung in Rom, der Bischof, der Papst. Du musst alle Einwohner ansprechen. Jeden einzelnen«, schloss er mit Nachdruck.

Da ließ Erich den Kopf hängen: »Die Leute denken, ihr habt es schon so oft probiert und nie was zustande gebracht. Sie vertrauen auf das Schicksal, reden von Gott, der uns beschützt. Viele wissen nicht einmal, dass ihr wieder hier seid.«

Der Mann mit Hut zuckte die Schultern und nickte verständnisvoll. Er kannte sie gut, die Leute, er reiste schon ein Leben lang durch die Welt. Sie waren überall gleich, nur auf ihre Ruhe bedacht. Bloß nichts hören und nichts sehen. Auf diese

Weise hatte er schon andere Dörfer geräumt, Stadtviertel entkernt, Häuser abgerissen, um freie Bahn für Gleise und Straßen zu bekommen, Felder zubetoniert, an Flussläufen Fabriken gebaut. Und seine Arbeit war nie krisengefährdet, denn sie florierte, wo das blinde Vertrauen ins Schicksal herrschte, der alles erleichternde Glaube an Gott, die Nachlässigkeit der Menschen, die nur ihre Ruhe wollen. All das erlaubte ihm, Zigarre rauchend in seiner Baracke zu sitzen, während die weit weg in irgendeiner Stadt angeworbenen Hungerleider im Zug angekarrt wurden, um wie Sklaven im Regen zu schuften und in den Tunnelschächten an Staublunge zu krepieren. Er hatte in seiner Karriere stets leichtes Spiel gehabt beim Zerstören von jahrhundertealten Plätzen, von Häusern, die vom Vater auf den Sohn übergegangen waren, von Wänden, die die Geheimnisse zwischen Mann und Frau kennen.

»Noch hast du Zeit«, sagte er zum Schluss. »Wenn wir aber in unmittelbarer Nähe der Häuser angekommen sind, wird der Staudamm innerhalb weniger Tage fertig sein. Und es wird der größte Staudamm von Europa.«

Auch die zwei Ingenieure in Anzug und Krawatte kamen wieder, die vor dem Krieg die Bauern zum Trinken eingeladen hatten. Sie brachten ein paar

Schweizer mit. Es hieß, auch die Schweizer steckten hinter dem Staudamm. Unternehmer aus Zürich hätten der Montecatini zig Millionen geliehen, um sie sich dann mit Zinsen in Form von Strom zurückzuholen. Im Dorf begann man zu raunen, dass man nun aufpassen müsse. Die Schweizer waren ernsthafte, gefährliche Leute, nicht so wie diese nichtsnutzigen Italiener. Daher folgten manche Erich endlich zur Baustelle und sahen die dreißig Meter hohen Stein- und Sandhaufen, auf denen die Lastwagen manövrierten, die Betonmischmaschinen, die Fräsen, die sich in den Felsen bohrten, die Bauarbeiter, die Turbinen einsetzten und in ihrem unverständlichen Dialekt herumschrien, wenn sie aus den Tunneln auftauchten wie Eichhörnchen aus hohlen Baumstämmen. Mit versteinertem Blick und offenem Mund starrten die Bauern in die tiefen Gruben. Die Hände auf den Ohren, um nicht diese unbekannten Geräusche hören zu müssen.

Tag für Tag tut sich der Abgrund weiter auf. Die Bagger und die Lastwagen kletterten auf die Berge aus Erde, und es sah immer aus, als würden sie gleich kippen und herunterrollen. Die Bauarbeiter glichen emsigen Ameisen, die im blassen Licht der Wintersonne durcheinanderwuselten. Die Felder gab es nicht mehr. Die grüne Ebene war verschwunden. Jetzt kotzte die Erde nur Staub aus, stellte ihr zermahlenes, bläulich schimmerndes Gestein zur Schau und schien nicht mehr dieselbe zu sein, auf der früher Lärchen und Alpenveilchen wuchsen und ungestört Kühe und Schafe weideten. Das Schweigen der Berge war erstorben im unaufhörlichen Lärm der Maschinen, die nie stillstanden. Auch abends nicht. Auch nachts nicht.

Eines Morgens hatte Erich ein Dutzend Männer zusammengetrommelt. Sie umstellten die Hütte des Mannes mit Hut, stampften mit den Füßen auf und schrien. Von zwei Carabinieri flankiert, trat der Mann mit Hut heraus. Er kreuzte Erichs Blick und hob unmerklich auf einer Seite den Mundwinkel. Er zeigte einen Plan von Reschen und Graun, und darauf waren an den Ecken rote Kreuze eingezeichnet. Es war ein großes Blatt, man musste die Arme ausstrecken, um es zu halten. Er gab es einem der Bauern und bedeutete ihm mit einer Handbewegung, dass er es herumreichen könne. Manche erkannten auf dem Plan das Dorf, die Wälder, die Gebirgspfade. Andere verzogen verständnislos das Gesicht und gaben das Papier unbesehen weiter. Als es wieder in seiner Hand angelangt war, erklärte der Mann mit Hut, dass der Staudamm innerhalb dieser roten Kreuze gebaut würde, doch es sei eine langwierige Arbeit, die ständig überprüft, gebilligt und finanziert werden müsse, daher werde noch viel Zeit vergehen, bis das Dorf betroffen sei. Es sei auch nicht ausgeschlossen, dass die Anweisung käme, die Arbeiten erneut einzustellen.

»Bevor der Ortskern erreicht wird, muss noch lange gegraben werden«, schloss er.

»Und wie hoch wird der Wasserstand sein?«, erkundigte sich jemand.

»Fünf, vielleicht zehn Meter.«

Die Bauern wechselten verstohlene Blicke. Bei dieser Höhe würden Reschen und Graun verschont bleiben.

»Also wird das Dorf nicht geflutet?«

»Niemand hat je behauptet, dass wir es fluten werden.«

Kaum wandte sich der Mann mit Hut zum Gehen, befahlen uns die Carabinieri zu verschwinden. Als sich die Tür der Hütte schloss, machten sich die Bauern durch den Morast schlurfend auf den Heimweg. Auf dem Ortler lag noch ein Rest Sonne, zu schwach, um die Erde zu trocknen.

»Sie werden Jahre brauchen, bis sie das Dorf erreichen, hat der Bauleiter gesagt.«

»Wer weiß, was in der Zwischenzeit noch alles passiert.«

»Hitler und Mussolini könnten zurückkommen.«

»Es heißt, sie seien gar nicht tot, sondern hätten sich nur versteckt, um sich neu zu organisieren.«

»Womöglich könnten wir nicht nur Deutsche oder Italiener, sondern auch noch Russen werden, wenn sich die Kommunisten weiter ausbreiten.«

»Oder Amerikaner, wenn sich die Kommunisten nicht ausbreiten.«

»Und mit den Amis müssen wir womöglich Amerikanisch sprechen, dann ist's vorbei mit Deutsch oder Italienisch.«

»Und anstelle des Staudamms bauen die Amis Wolkenkratzer.«

»Er hat gesagt, Graun wird nicht geflutet.«

»Er hat gesagt, er weiß es nicht.«

»Ich habe trotzdem Angst.«

»Musst du nicht.«

So redeten die Bauern, als sie durch den Morast nach Hause schlurften.

Während Tausende von Bauarbeitern kamen – junge Burschen mit olivfarbener Haut, fast immer gedrungen und mit pechschwarzen Haaren, hungrige Männer, die ihre Familie tausend Kilometer südlich von hier zurückgelassen hatten, Exfaschisten und Versprengte aus ganz Italien –, gingen unsere jungen Leute in den Norden. Im Krieg hatten sich einige nach Deutschland abgesetzt, andere hatten sich in der Schweiz versteckt, wieder andere waren in Stalins Gulags gefangen, viele hatten Wege eingeschlagen, die sie nicht in den Vinschgau zurückbringen würden.

Samstags kamen immer noch einzelne Mütter zu mir, um sich ihre Briefe vorlesen zu lassen, doch ich konnte nun nicht mehr lügen. Ihre Kinder schrieben, sie wollten nicht wieder zurück nach Graun, wo es nur Kühe und Bauern gebe, aber keine Chance auf ein anderes Leben. Wenn die Mütter diese Worte hörten, schlugen sie die Hände vors Gesicht, sagten aber auch, dass es stimmte, Graun war ein Dorf am Rande der Zeit. Das Leben stand still.

»In eurem Dorf gibt es keine Männer. Nur Alte«, sagte der Mann mit Hut eines Tages zu Erich. »Und vom Alter kann man nie Gutes erwarten.«

5

Mit Zigarette im Mund und Fleck an der Seite verbrachte Erich die Tage damit, die mit Bergen von Erde beladenen Lastwagen bei ihren Fahrten zu beobachten. Fassungslos sah er zu, wie die Arbeiter Stufen anlegten, um unterirdische Zugänge zu schaffen, in denen sie dann mit merkwürdigen Maschinen verschwanden.

»Dieser Staudamm wird Graun ganz bestimmt nicht überfluten können.«

»Der Karlinbach ist nur ein kleiner Zufluss der Etsch.«

»Wenn sie hoffen, mit dem bisschen Wasser zehn Kubikmeter zu füllen, können sie nicht einmal richtig rechnen.«

Das sagten diejenigen zu Erich, die mit ihm zur Baustelle gingen. Andere dagegen kamen zu uns an die Tür und fragten ihn, was man tun könne, um diese Schweine aufzuhalten, die sich in den Kopf gesetzt hatten, uns zu ruinieren. Im Haus herrschte ein ständiges Kommen und Gehen. Erich bot allen ein Gläschen Schnaps an und zitierte die Worte des Mannes mit Hut: »Barrikaden allein genügen nicht, man muss schreiben. Wir müssen die Leute um Hilfe bitten, die das Sagen haben.«

»Aber die kennen wir nicht.«

»Außerdem können wir überhaupt nicht schreiben«, sagten die Bauern und blickten auf ihre Hände.

»Dann schreibt eben Pfarrer Alfred, oder Trina«, antwortete Erich.

Daraufhin sahen die Bauern mich an und nickten mit zusammengepressten Lippen.

»Wir werden an die Bürgermeister der umliegenden Dörfer schreiben, an die italienischen Zeitungen, an die Politiker in Rom!«

»An De Gasperi muss man schreiben, der ist in Südtirol geboren, zu der Zeit, als es das Kaiserreich noch gab!«, warf einer ein.

»Und wir? Was machen wir?«, fragten andere.

»Ihr geht weiter jeden Tag zur Baustelle. Sie sollen wissen, dass wir sie genau beobachten. Auch in der Schweiz und in Österreich, wenige Kilometer von hier, wollten sie Staudämme bauen, aber wo sie auf den Widerstand der Bevölkerung gestoßen sind, haben sie es gelassen.«

Diese Aufregung beruhigte ihn. Er vergaß zu essen, drückte die Zigarette aus, bevor er schlafen ging, und küsste mich auf den Kopf, wenn ich ihn schief anschaute, weil er so spät nach Hause kam.

Die Gemeinde Graun nahm sich einen Rechtsanwalt aus Schlanders. Der sagte, an De Gasperi zu schreiben sei eine gute Idee, doch vorher müsse man beim Ministerium die Überprüfung des Projekts erreichen.

»Was kann ich tun?«, fragte Erich.

Der Anwalt zuckte die Schultern. »Nichts kannst du tun, das ist eine politische Frage.«

Nach den Terminen mit dem Rechtsanwalt war Erich immer schlechtester Laune. Um seinem Ärger Luft zu verschaffen, ging er dann zu Pfarrer Alfred, und wenn sonst niemand in der Kirche war, setzte er sich auf eine Bank und redete mit ihm. Er gestand ihm Zweifel, die er mir niemals erzählte. An manchen Tagen beneidete ich ihn um seinen Glauben, doch manchmal befürchtete ich, er könnte auch von Gott enttäuscht werden.

»Merkwürdig, dass man dich so oft in der Kirche sieht«, sagte ich zu ihm, »früher bist du da nie hingegangen.«

»Wer hat unsere Sprache verteidigt, als die Faschisten sie mit Füßen getreten und uns ihre Schule aufgezwungen haben? Wer setzt sich überhaupt noch für Südtirol ein? Die Politiker, Italien und Österreich wollen nichts mehr mit uns zu tun haben. Nur die Kirche hat zu uns gehalten.«

Auch Pfarrer Alfred machte sich Sorgen wegen dem Staudamm und sagte, sobald der Bischof von Brixen in der Gegend vorbeikomme, werde er mit ihm sprechen.

»Schreiben wir ihm doch schon jetzt!«, flehte Erich ihn an. »Wir dürfen nicht länger zuwarten.«

Um ihn zufriedenzustellen, schrieb Pfarrer Alfred tatsächlich. Und einige Wochen später kam der Bischof. In diesen Tagen schien es, als könnten Wörter Berge versetzen. Als sei der größte Fehler der gewesen, diese Möglichkeit nicht in Betracht zu ziehen, sie nicht früher sprechen zu lassen. Die Wörter.

Erich und ein paar andere machten sich zusammen mit den Betschwestern daran, die großen Fenster zu putzen und das Messgeschirr zu polieren. Als dann der Sonntag kam, drängten sich die Leute auf dem Vorplatz, wie immer, wenn der Bischof zu Besuch war. Erich und ich dagegen saßen auf der Bank in der ersten Reihe. Wir erwarteten uns lange Reden von diesem korpulenten Mann mit dem harten Gesicht, das einen den Blick senken ließ. Stattdessen zelebrierte der Bischof die Messe, als ob wir im Dorf keinen Pfarrer hätten oder schon seit Jahren keinen Gottesdienst mehr gehört hätten. Im Sitzen und im Stehen ließ er uns beten, auf Deutsch und auf Latein, und als endlich der Augenblick der Predigt gekommen war, sprach er mit der gewohnten Inbrunst vom Jenseits, wie schrecklich oder wunderbar es sein könne. Erst ganz zuletzt sagte er: »Dieses Dorf ist von einem gefährlichen Vorhaben bedroht. Ich werde an den Papst schreiben, um ihn davon zu unterrichten. Wenn wir es verdient haben, wird uns sein heiliges Herz gewisslich helfen.«

Am selben Abend sagte der Mann mit Hut zu Erich, dass beschlossen worden war, den Wasserpegel auf fünfzehn Meter zu setzen.

Als er heimkam, lag ich schon im Bett. Erich streckte sich neben mir aus und legte mir die Hand auf den Bauch. Miteinander schlafen taten wir schon lange nicht mehr. Der Mann mit Hut hatte ihm die ganze Baustelle gezeigt, mitsamt den Tunnels, wo die Arbeiter jetzt mit dieselbetriebenen Waggons hineinfuhren und mit einer schwarzen Maske auf dem Gesicht herauskamen, als hätten sie sich mit Kohle eingerieben. Erich erzählte mir, dass drinnen die Luft zum Atmen fehlte, dass der Staub die armen Kerle dauernd zum Husten reizte, dass sie schichtweise herauskamen, um Luft zu holen.

»Das ist reine Sklavenarbeit«, kommentierte er

empört und beschrieb mir die Arbeiter, die mit blauangelaufenen Gesichtern die Erde mit Pickeln aufhackten und die Platten einbetonierten, über die eines Tages mit reißender Kraft das Wasser strömen würde.

Scharenweise kamen immer noch mehr Arbeiter. Auf den Straßen begegnete man langen Kolonnen von Männern, die mit einer Umhängetasche zum Dorf hinaufwanderten. Sie glichen einer Horde von Barbaren und hausten zusammengepfercht in fünfundzwanzig Meter langen Baracken, wo es nur Stockbetten mit etwas Stroh darauf gab und in der Mitte einen schlechtheizenden Ofen. Es waren die gleichen Baracken, die man in den Gefangenenlagern verwendet hatte. Der Mann mit Hut sagte zu Erich, dass inzwischen einige tausend Leute auf die Baustellen der Dörfer hier rundherum verteilt waren. Dörfer wie das unsere, die am See lagen oder am Ufer der Etsch oder an einem Nebenfluss, die aber im Unterschied zu Reschen und Graun nicht überflutet würden.

»Nun hat die Industrie begriffen, dass der Augenblick gekommen ist, um sich das flüssige Gold Südtirols anzueignen und einen Haufen Geld zu machen«, knurrte Erich mit zusammengebissenen Zähnen und zog die Decke über sich.

Ich wusste nicht mehr, was ich ihm sagen sollte.

Ich war es leid, über seinen Kampf zu sprechen. Der Staudamm interessierte mich nicht mehr.

»Was hast du?«, fragte er.

»Nichts«, erwiderte ich und wandte ihm den Rücken zu.

»Warum sagst du nichts?«

»Was soll ich schon sagen?«

Er blieb reglos liegen, die Hände auf der Brust.

»Denkst du noch an Marica?«, fragte ich ihn plötzlich.

»Ich denke an sie, ohne an sie zu denken«, sagte er.

»Was soll das heißen?«

»Ich kann es dir nicht anders erklären. Ich denke an sie, ohne an sie zu denken.«

»Wenn ich mich vom Gedanken an sie ablenken lasse, habe ich Schuldgefühle. Du dagegen bist von allem, was passiert, so in Anspruch genommen, dass du sie vergessen hast.«

»Man muss weiterleben, Trina.«

»Du leidest nicht darunter.«

»Und du redest dumm daher«, erwiderte er.

»Du leidest nicht darunter«, wiederholte ich stur.

Daraufhin drehte er sich ruckartig um, umfasste mit beiden Händen mein Kinn und knurrte, so nah an meinem Gesicht, dass ich seinen Atem spürte:

»Sie ist ja nun groß genug, wenn sie gewollt hätte, wäre sie schon längst zurückgekommen!«

Wie gelähmt lag ich unter der Decke. Ich hörte, wie seine Worte in der feuchten Stille des Zimmers nachhallten. Er schaute mich zornig an, dann ließ er mein Kinn los, als wäre es zum Wegwerfen. Er kauerte sich zusammen und wandte mir erneut den Rücken zu. Zum ersten Mal kam mir der Verdacht, dass er sich wegdrehte, um mir nicht zu zeigen, dass er weinte. Kurz vor dem Einschlafen hörte ich, wie er die Nachttischschublade aufzog. Er holte ein kleines Heft heraus, in dem ein mit dem Messer gespitzter Bleistift steckte, und fing an, im Dunkeln darin zu blättern. Ich knipste die Lampe an und sah im Licht, dass es Zeichnungen waren. Von dir.

Ich versuchte, ihm das Heft abzunehmen, doch er hielt mich am Handgelenk fest. Er wollte nicht, dass ich es berühre. Er zeichnete gut, hatte einen leichten Strich, der um Augen und Mund kräftiger wurde. Auf manchen Blättern waren nur deine Hände. Auf einer Seite die Schuhe mit Schleifchen, die ich dir zur Kommunion gekauft hatte. Auf einer anderen du von hinten, am Tisch über die Hausaufgaben gebeugt. Auf einer anderen du, während ich dich kämmte. Damals hattest du noch lange Haare wie bei Schulanfang.

Ich wusste nicht, dass er zeichnete. Ich wusste

nichts von dem hinter den Socken versteckten Heft. Ich wusste nicht genau, was er die ganze Zeit machte, wenn er weg war. Nach all den Jahren wusste ich fast nichts von ihm.

6

Man hörte ein Donnern wie von einer Lawine. Ich war in der Schule, und einen Augenblick lang schauten sowohl die Kinder als auch ich wie gelähmt aus dem Fenster. Dann versuchte ich, im Unterricht fortzufahren. Als ich mich anschließend auf den Heimweg machte, standen die Leute in Grüppchen auf der Straße, redeten aufgeregt über den Staudamm und sagten, es habe einen Unfall gegeben. Zementrohre waren in die Grube gerollt, hatten die Zäune niedergewalzt, einen Bagger zerquetscht, einen Menschen getötet. Keuchend rannte ich Richtung Baustelle. Mein Rücken war schweißnass. Falls Erich tot war, würde ich erneut in die Berge flüchten und auf die Wölfe warten. Ich würde zur Höhle der deutschen Soldaten laufen und so lang oder so kurz, wie das Überleben dauerte, endlich aus höchster Höhe auf dieses Dorf hinabblicken, das ich zu hassen begann, mit seinen Bauern, die kaum über ihre Nasenspitze hinaussehen konnten, mit diesem elenden Pack, das hier bei uns eingedrungen war und uns schamlos betrog. Wenn das der Frieden war, lebte ich lieber mit nagendem Hunger im ewigen Schnee. Mit dem Alptraum der Nazis, die die Türe eintreten.

Ich rannte stundenlang, schnappte nach Luft wie verrückt, und mein Herz klopfte wild. Zwischen den Bäumen schrie ich seinen Namen, bis meine Stimme versagte. Auf der Baustelle war niemand. Die Grube war menschenleer. Man sah die Spuren der Rohre, die mit voller Wucht heruntergekracht sein mussten, nachdem sie Geschwindigkeit aufgenommen hatten. Auch das Wrack des Baggers war da, die umgestürzten Wannen, in denen Erde mit Tonstaub vermischt wurde. Ein paar Hilfsarbeiter umkreisten den Ort des Geschehens wie Insekten ein Stück Brot. In dieser Totenstille hörte man den Wind über die dürre Erde streichen. Ich drehte um, dann zog es mich doch wieder Richtung Baustelle, dann machte ich erneut kehrt, bis ich nicht mehr wusste, wo ich war. Wenige Schritte von mir entfernt begann der Wald. Die Sonne ging langsam unter, und ich erkannte die altgewohnten Wege nicht mehr, die Täler, das Dorf, die Straßen. Als ich bei den Tannen angekommen war, hörte ich meinen Namen rufen. Ich wandte mich um und sah Erich, der mir entgegenkam. Er trat nach den Steinen, die ihm im Weg lagen.

»Geht es dir gut?«, fragte ich atemlos.

»Warte nächstes Mal zu Hause auf mich.«

»Was ist passiert?«

»Von einem Lastwagen sind Zementrohre runtergefallen und in die Grube gerollt.«

»Stimmt es, dass ein Arbeiter umgekommen ist?«

»Mehr als einer. Auch ein Carabiniere ist tot.«

Wir gingen zum Dorf zurück, und von weitem sah man eine Gruppe Bauern, die auf uns zukam. Es war schon Abend, als sich vor Karls Wirtshaus ein paar Betrunkene zusammengerottet hatten, die der Baustelle, der italienischen Regierung, der Montecatini, den toten Arbeitern und den Carabinieri zum Trotz eins über den Durst getrunken hatten.

»Jetzt, wo es ihnen selber an den Kragen gegangen ist, werden sie die Arbeiten einstellen, nicht wahr, Erich Hauser?«, fragte der Sohn des Gemüsehändlers in herausforderndem Ton.

»Das weiß ich nicht«, antwortete Erich.

»Bestimmt werden sie sie einstellen.«

»Sie haben ja schon aufgehört«, sagte ein anderer.

»Ich hab's dir doch gleich gesagt, dass die den Staudamm nie bauen würden«, sagte wieder ein anderer, und alle nickten.

Sie stellten die Arbeiten tatsächlich ein. Die Arbeiter lungerten in ihren Baracken herum, saßen rauchend auf Holzkisten und verjagten die Fliegen. Sie ließen die Flasche herumgehen und bissen mit stumpfsinnigen Gesichtern in ihr trockenes Brot. Auch wenn man sie provozierend anschaute, geschah nichts. Sie waren noch viehischer als unsere Bauern, und man sah an ihren erloschenen Augen, wie viel Staub in ihr Gehirn eingedrungen war und sie für immer betäubt hatte. Ob sie einen Staudamm bauten oder die Holzkisten, auf denen sie saßen, war für sie dasselbe. Hauptsache, sie bekamen jeden Samstag ihren Lohn, dafür standen sie dann vor der Hütte des Mannes mit Hut Schlange und kamen mit den Geldscheinen in der Tasche heraus. Ihnen war alles egal, wir, Graun, das Tal. Sie dachten nur daran, die Anweisungen auszuführen und den Staub herauszuhusten, der sie langsam tötete. Bestimmt träumten sie nachts von ihren sonnenbeschienenen Dörfern und ihren Frauen, mit denen sie bei ihrer Rückkehr schlafen würden.

Zur Beerdigung des Carabiniere kam eine kleine Blaskapelle. Nach der Messe wurde der in eine italienische Fahne gehüllte Sarg in ein glänzendes Auto geladen, das Richtung Meran davonbrauste. Die umgekommenen Bauarbeiter dagegen würden sie irgendwo stapeln, bis die Montecatini alle Untersuchungen abgeschlossen hatte.

Die aus Rom angereisten Inspektoren konstatierten und protokollierten das Geschehnis, doch unterdessen versetzte der Mann mit Hut die Arbeiter in die Nähe der Straße nach Langtaufers, in eine flachere Gegend kurz vor Graun. Er ließ sie weitere Baracken errichten. Winzige Fertighäuser.

»Macht ihr nicht einmal vor den Toten halt?«, fragte Erich.

Der Mann mit Hut öffnete die Arme und zog die Mundwinkel hinunter.

»Wozu dienen diese Elendshütten? Da wollt ihr uns reinsperren?«

»Wenn die Regierung die Arbeiten nicht noch stoppt, werden das die provisorischen Unterkünfte sein für die Leute, die hierbleiben wollen«, antwortete er.

»Habt ihr den Wasserpegel etwa noch mal höher angesetzt?«

»Ja, auf einundzwanzig Meter.«

»Höher als das Dorf.«

»Höher als das Dorf«, wiederholte er.

»Auf dem Papier, das in der Gemeinde aushängt, stand aber, ihr würdet ihn um fünf Meter anheben«, entgegnete Erich tonlos.

»›Mit möglichen Änderungen am obengenannten Projekt‹ stand auch darauf.«

Tag um Tag entstanden Reihen von Fertighäusern, die aussahen wie Schachteln. Abends liefen die Bauern hin und beäugten sie misstrauisch, doch sehr rasch organisierten die Carabinieri Wachschichten und ließen niemanden mehr in die Nähe kommen. Eines Nachts gelang es dem Kriegsheimkehrer, der mit Bomben gedroht hatte, zusammen mit zwei anderen in eine der Baracken zu gelangen. Vielleicht wollten sie sie tatsächlich sprengen, vielleicht auch nur herumschnüffeln. Ein Windstoß ließ die Türen schlagen, und die Carabinieri erwischten die drei in flagranti. Ein paar Tage wurden sie in Glurns im Gefängnis festgehalten und dann am Sonntagvormittag vor den Leuten, die gerade aus der Kirche strömten, wieder freigelassen. Als Erich sie begrüßen wollte, stießen sie ihn weg und fuhren ihn an, er solle abhauen, so als hätte er sie verhaftet. Andere Männer gaben ihnen recht.

»Hau ab!«, riefen sie. »Gib endlich Ruhe, Erich Hauser! Lass uns in Frieden!«

Ich lief zu Erich hin, der sich wortlos umwandte und auf den Heimweg machte. Während ich hinter ihm herging, fiel mir Barbara wieder ein, die selbst bevor sie nach Deutschland auswanderte, nicht mehr mit mir gesprochen hatte. Unser Leben kam mir vor wie ein einziger Fehler.

Als ich eines Tages am Fenster stand und mir vorstellte, wie wir in diesen miesen Hütten hausen würden, bekam ich unvermutet Lust zu schreiben. Ich setzte mich an den Tisch und starrte auf das weiße Blatt. Die Industrie, schrieb ich, behandle Graun und das Tal, als ob es ein geschichtsloser Ort sei. Doch wir hätten Landwirtschaft und Viehzucht, und bevor dieses Heer von Hungerleidern und dieses Gesindel von Ingenieuren hier aufgetaucht seien, habe Harmonie zwischen Höfen und Wald geherrscht, auf Wiesen und Wegen. Ein so reiches, friedvolles Land wie das unsere für einen Staudamm zu opfern sei einfach unmenschlich. Einen Staudamm kann man anderswo bauen, schrieb ich zum Schluss, eine einmal verwüstete Landschaft kann nie mehr auferstehen. Eine Landschaft kann man weder wiederherstellen noch nachbauen. Am Abend las ich Erich die Seite vor, und er küsste mich auf den Kopf. Er sagte, es habe sich ein Komitee zur Verteidigung des Tals gebildet, und sie diskutierten gerade, warum uns die Zeitungen so hartnäckig ignorierten.

»Die italienischen Zeitungen, die sich damit beschäftigen müssten, was in Italien passiert! Sie wollen doch schließlich unbedingt, dass wir zu Italien gehören!«, ereiferte er sich.

Ich las ihm den Text noch einmal vor, und Erich sagte: »Den werden wir auch schicken.«

»Ja, aber nicht unter meinem Namen. Unterschreib du ihn.«

Ich vergaß diese Worte rasch. Auch fragte ich Erich nicht, wo sie hingekommen waren und was im Komitee passierte. Er kam weiterhin spät nach Hause, diskutierte mit Pfarrer Alfred, mit dem Bürgermeister und mit den wenigen Bauern, die sich für diese Sache interessierten, doch ich wollte nichts mehr davon wissen. Die Verunsicherung war einfach zu groß, ständig wurden die Karten neu gemischt und wir um den Schlaf gebracht. Wenn sich jemand bei uns an den Ofen setzte, um mit Erich darüber zu reden, was auf der Baustelle geschah, schloss ich mich im Schlafzimmer ein. Ich fühlte mich genauso resigniert und uninteressiert wie die Bauern und ihre Frauen. Sie hatten recht. Man konnte nicht sein ganzes Leben nur an die Baustelle denken, das trieb einen zum Wahnsinn. Immerzu an der Baustelle präsent zu sein war eine Herkulesarbeit, die sich nur Erich Hauser aufhalsen konnte. Auch war der Rechtsanwalt langsam, und den Brief an De Gasperi schickte er überhaupt nie ab. Sowieso war es De Gasperi egal, noch zu Zeiten von Österreich-Ungarn hier geboren worden zu sein, und vielleicht wusste er nicht einmal, dass es Graun gab. Vinschgau war vermutlich ein Wort, das er mit Sommerferien in Verbindung brachte, und mehr nicht. Ich war nur Feuer und Flamme, wenn Erich mich beauftragte, einen Artikel für die deutschsprachigen

Zeitungen zu schreiben, da die italienischen nichts über uns brachten oder immer nur pro Montecatini argumentierten und sich dabei auf einen Fortschritt beriefen, dem wir uns anpassen und dem wir uns zugehörig fühlen müssten, selbst wenn er unseren Untergang bedeutete. Ich weiß nicht, warum, aber wenn er das weiße Blatt vor mich hinlegte, kamen die Wörter wie von selbst aus mir heraus. Sie drückten die Wut aus, von der ich gar nicht wusste, dass ich sie hatte. Die ungeordneten Gedanken, die mir durch den Kopf gingen. Ich scheute nicht davor zurück, mich an den Bischof oder den Präsidenten der Montecatini oder den Landwirtschaftsminister zu wenden, den das Komitee mit einem Brief von mir ins Dorf eingeladen hatte, um ihm zu zeigen, was für eine Schande es wäre, dieses Tal zu vernichten.

Einige Monate später kam er tatsächlich, der Minister Antonio Segni, und trug den Brief die ganze Zeit in seiner Jackentasche. Er fuhr durch Schluderns und andere Dörfer der Gegend. In Graun hielt er an, betrachtete die Weiden, die Felder, die Bauern bei der Arbeit, und sagte empört, dass die Leute von der Montecatini ihm einen Haufen Lügenmärchen erzählt hätten. Sie hätten geschworen, wir seien ein halbverlassener, heruntergekommener Ort, nicht ein blühendes Dorf. Pfarrer Alfred stand neben ihm und hörte nicht auf, dem Minister in seinem gebrochenen Italienisch zu wiederholen, welchen Verbrechens er sich schuldig machen würde. Plötzlich ging der Minister einige Schritte beiseite, wandte sich ab und fuhr sich mit der Hand über die Augen. Dann trat er wieder zu uns und begann im Ton eines Menschen zu reden, der im Begriff ist, ein feierliches Versprechen abzulegen. Nachdem Segni ein paar Sätze gesagt hatte, nahm ihn sein Berater am Arm, bat ihn kopfschüttelnd zu schweigen und sprach an seiner Stelle weiter, indem er Pfarrer Alfred die Hand auf die Schulter legte.

»Der Minister wird sich für Sie einsetzen, doch können wir an dem Punkt, an dem wir sind, nicht versprechen, dass es uns gelingen wird, die Arbeiten zu stoppen. Was wir tun können, falls das Projekt unseligerweise zu Ende gebracht wird, ist, Ihnen eine Abfindung zu garantieren, die Sie angemessen für Ihre Verluste entschädigen wird.«

7

An einem Tag im März wurden wir nacheinander vor ein Schiedsgericht zitiert und vor die Wahl gestellt: entweder finanzielle Entschädigung oder Wiederaufbau des Hauses an anderer Stelle.

»Aber was das Haus angeht«, warnten sie, »werden Sie Geduld haben müssen.«

»Was heißt Geduld?«

»Geduld heißt Geduld«, antworteten die Angestellten mit der gleichen Arroganz wie zur Zeit des Podestà. Der Faschismus war nicht mehr Gesetz, aber er wirkte noch unverändert weiter, mit seinem ganzen Arsenal an Dünkel und Überheblichkeit, mit denselben Leuten, die Mussolini hergebracht hatte und die nun in der Verwaltung der neuen italienischen Republik arbeiteten.

Draußen vor dem Gericht sahen wir uns entsetzt an. Wieder standen wir vor dem Dilemma, zu bleiben oder zu gehen. Wie 1939. Wer das Geld nahm, würde wegziehen, vielleicht zu Verwandten oder an irgendeinen anderen Ort im Tal. Wer den

Wiederaufbau des Hauses wählte, war entschlossen zu bleiben, auch wenn das Wasser alles überfluten würde.

»Und wo soll dann das Vieh weiden?«

»Und was zahlen Sie dafür, wenn wir es verkaufen?«

»Und wie lange müssen wir überhaupt in diesen Käfigen wohnen?«

»Und warum setzen Sie den Schätzwert für unsere Bauernhöfe so niedrig an?«

»Ist es wahr, dass das Stempelpapier, auf dem Sie uns die Enteignung schicken, mehr kostet als ein Quadratmeter unserer Felder?«

So schrien wir die bebrillten Gerichtsangestellten an. Doch sie antworteten genervt, dass noch gar nichts entschieden sei, sie wollten sich nur eine Vorstellung davon verschaffen, wie viele Häuser sie würden bauen müssen. Und wir sollten sie nicht dazu zwingen, die Carabinieri zu rufen, um uns hinauswerfen zu lassen.

Am selben Tag klopfte Pfarrer Alfred an unsere Türe.

»Der Papst empfängt uns!«, verkündete er, den Brief des Bischofs in der Hand. Und dann, zu Erich gewandt: »Du kommst auch mit nach Rom«, knapper und strenger als sonst.

Erich fing an zu lachen. Er, ein Bauer aus dem Vinschgau, in Rom bei Pius XII.! Wir lachten mit. Doch dann wurde Pfarrer Alfred wieder ernst. »Du kommst mit!«, wiederholte er. »Wir sehen uns morgen früh!« Im Auto des Bischofs von Brixen fuhr Erich davon, und von Bozen nach Rom reisten sie mit dem Zug weiter. Der Papst gewährte ihnen eine Privataudienz. Wie oft fragte ich ihn hinterher: »Wie ist der Papst?« – »Was habt ihr gesprochen?« – »Wie ist sein Palast?« Doch wir hatten zwar zusammen eine kurze Rede vorbereitet, aber gesagt hatte er nichts. Pius XII. hatte nicht das Wort an ihn gerichtet. Erich erzählte mir von der Schweizergarde, die die Eingänge bewachte, von den mit Fresken ausgemalten Sälen, von den Bildern, den Teppichen, den riesigen Gärten, die man hinter den gerafften Vorhängen erahnte. Er sagte, der Papst sei ein schöner Mann, und zeigte mir ein Foto, das man ihm geschenkt hatte: ein bebrilltes Gesicht mit einem entgeisterten Ausdruck, besonders schön fand ich ihn, ehrlich gesagt, nicht. Sie hatten bei der Unterredung italienisch gesprochen, und Erich hatte ohne große Mühe folgen können. Die ganze Zeit über hatte er auf einem kleinen Sofa auf der Kante gesessen und beobachtet, wie der Papst zustimmend nickte. Auch der Bischof von Brixen hatte geschwiegen. Pfarrer Alfred war es gewesen, der das Gespräch geführt und auch vor Pius XII. beim Reden mit seinen knochigen Händen gestikuliert und rote Flecken im Gesicht bekommen hatte, weil ihn die Ungerechtigkeit, die Graun gerade erlitt, so sehr aufbrachte.

»Eine Ungerechtigkeit, die Sie nicht kaltlassen kann, Heiliger Vater«, sagte er. »Eine Ungerechtigkeit, die uns gleich nach dem Übel des Faschismus ereilt hat, von dem wir uns bis jetzt nicht wirklich befreit haben. Ein Gewaltakt«, fuhr er mit angespanntem Mund und gerecktem Kinn fort, »zu dem noch die Toten hinzukommen, die unsere Bevölkerung im Krieg zu beklagen hatte, und die vielen Vermissten, die immer noch nicht heimgekehrt sind.«

Der Papst nickte erneut und bat alle drei, mit ihm zu beten. Doch schon nach wenigen Minuten entließ er sie und sagte noch einmal, dass er eingreifen werde. Er werde ans Ministerium in Rom schreiben lassen, um eine Antwort hinsichtlich der Möglichkeit zu erhalten, das Projekt zu revidieren.

»Ihre Gemeinde liegt mir am Herzen«, war sein letzter Satz, bevor er sie verabschiedete.

Und wieder Flure und Schweizergardisten und Rom durch die Autofenster gesehen, und Erich, der verloren die Palazzi und die breiten Straßen betrachtete, während er im Geist noch das Gesicht des Papstes vor sich sah, der ihm nicht einmal die Hand gereicht hatte.

»Spricht er mit Gott, um diesen Hundesöhnen das Handwerk zu legen?«, fragten die Bauern von Graun.

»Er hat gesagt, unsere Gemeinde liege ihm am Herzen«, antwortete Erich verlegen und wusste nichts weiter hinzuzufügen.

8

Erich bat mich, einen Brief an die Bürgermeister der Nachbarorte zu schreiben. »Dieser Kampf geht auch euch an. Stellt euch nicht taub angesichts der Bedrohung durch den Staudamm. Jetzt, wo auch der Papst auf unserer Seite steht, uns ermutigt und ermahnt, unsere Kräfte zu vereinen, könnt ihr uns eure Unterstützung nicht versagen. Erhebt euch, um gemeinsam mit uns zu protestieren.« So schrieb ich.

Jeden Sonntag wiederholte Pfarrer Alfred seine Aufforderung zu bleiben.

»Wer geht, erklärt Graun und Reschen für verloren«, warnte er am Ende jeder Messe.

Im Dorf meinten die Leute, die Sache wende sich zum Guten. Der Papst hatte uns ins Herz geschlossen, und an alles Weitere dachten das Komitee, der Pfarrer und der Bürgermeister zusammen mit Erich Hauser. Nun musste man nur noch die Antwort aus Rom abwarten; auf die Solidarität der anderen Dörfer bauen; Geduld aufbringen, bis das Schiedsgericht die Höhe der Abfindungen festsetzte. Und wer weiß, womöglich würden in der Zwischenzeit neue Unfälle passieren oder jemand würde die Baracken von Langtaufers in die Luft sprengen oder doch wenigstens das Büro dieses Dreckskerls mit der ewigen Zigarre im Mund und dem Hut über den Augen. Andere dagegen sagten, die Bomben müsse man in Rom platzieren und in den Redaktionen der italienischen Zeitungen, die uns ignorierten und die Interessen der Montecatini vertraten. Ich warnte Erich, er solle sich ja nicht mit Leuten einlassen, die bereit waren, von den Waffen Gebrauch zu machen. Da ich ihm aber nicht traute, ging ich mit meiner Sorge direkt zu Pfarrer Alfred.

»Der Papst würde uns seine Unterstützung entziehen. Niemand würde uns mehr unterstützen, und Gott schon gar nicht. Wenn dieser Esel noch Waffen besitzt, dann sag ihm, er solle keinen Fuß mehr in die Kirche setzen!«, ereiferte er sich.

Als Erich heimkam, berichtete ich ihm von Pfarrer Alfreds Reaktion, und er senkte den Blick wie ein Kind, das beim Klauen erwischt wird.

Auch sonntags arbeiteten die Leute auf der Baustelle bis Mitternacht. Hinter der Schusterwerkstatt sah man nun die Stahlbetonrohre aus der Erde ragen wie Zähne, und ich nahm einen Geruch nach

Brackwasser in der Luft wahr, den ich noch nie zuvor gerochen hatte. In der Ferne erhöhten andere Trupps die Dämme und bauten die Überläufe und die Schleusen, die sich bald öffnen würden, um das Wasser hereinzulassen, das uns überfluten würde. Wir taten so, als sähen wir nichts, und machten einen Bogen darum, wir vertrauten auf den Papst, auf das Komitee, auf Pfarrer Alfred, aber im Frühjahr 1947 sahen wir den Staudamm direkt hinter uns, und er hörte nicht auf, uns zu verfolgen.

Erich war Tag und Nacht unterwegs, um Besetzungen und Proteste zu organisieren. Er brachte kleine Gruppen zusammen, die niemanden beeindruckten. Ein einziger Mitkämpfer genügte ihm, um nicht den Mut zu verlieren, um sich einzubilden, etwas zu zählen. Wenn ich konnte, begleitete ich ihn. Ich fürchtete, man würde ihn allein lassen. Allein mit seinen Rufen. Mit seiner ohnmächtigen Wut. Davor wollte ich ihn schützen.

Ich begleitete ihn auch an jenem Tag im Mai, als endlich einige Bauern aus der Gegend von Trient zu unserer Verstärkung anrückten und Reschen und Graun für einmal zu einem einzigen Dorf verschmolzen. Wir gingen mit dem Vieh hinaus, und das Vieh brüllte mit uns. Wir zeigten den Carabinieri, den Arbeitern, den Ingenieuren der Montecatini und Gott alles, was wir hatten. Unsere Arme, unsere Stimmen, unsere Tiere. Von einer Bühne herab sprach der Vorsitzende des Viehzüchterverbands diese Worte in ein Megaphon, und ich erinnere mich noch daran, weil sie genau so klangen wie das, was ich für Erich schrieb: »Die Interessen einer Industriegesellschaft wenden sich gegen uns, zerstören unsere Felder und unsere Häuser. Neunzig Prozent der Einwohner von Graun werden ihre Heimat verlassen müssen. Dies hier ist ein Hilfeschrei. Rettet uns, oder wir sind verloren.«

Die orangefarbene Sonne jenes Nachmittags erhitzte sein Gesicht und ließ ihn starr auf die Blätter schauen, die er in der zitternden Hand hielt. Seine Stimme war heiser, und wenn er kurz innehielt, klatschten und pfiffen wir, und die Kühe brüllten, als würden auch sie begreifen, worum es ging. Endlich schrien die Menschen, weinten und gingen auf die Straße, wo sie einander in die Augen schauten. Endlich waren da Menschen, die diese Bezeichnung verdienten, und zumindest an dem Tag dachte keiner nur an sich, keiner hatte es eilig, nach Hause zu gehen, keiner wollte lieber an einem anderen Ort sein, da ja die Frauen dabei waren und auch die Kinder, die Tiere, die Leute, unter denen man aufgewachsen war, selbst wenn man nie miteinander geredet und ganz andere Entscheidungen getroffen hatte.

Erich zeigte mir den Mann mit Hut. Abseits, ohne Zigarre im Mund, deutete er ein Lächeln an. Die Carabinieri standen zum Schutz um ihn herum, doch er beachtete sie nicht, denn er hatte das Gesicht eines Menschen, den keine Schuld trifft.

9

Die Antwort des Ministeriums traf ein. Der Rechtsanwalt aus Schlanders kam und sagte: »Sie prüfen nichts mehr. Die Arbeiten werden fortgesetzt.« Er war untröstlich und zeigte uns ein Papier, das wir nicht lasen.

Erich suchte den Mann mit Hut auf. Er saß immer noch hinten in seiner Baracke. Nur er und zwei Carabinieri waren noch dort.

Der Mann mit Hut sah ihn forschend an, streng und mitleidig. »Sie haben nur geantwortet, weil der Papst darum gebeten hat.«

»Und jetzt?«

»Jetzt bleibt euch nur noch das Äußerste.«

Erich riss seine grauen Augen auf und sog gierig an seiner Zigarette, während der Mann mit Hut seinen Schreibtisch aufräumte. »Einen Carabiniere umbringen oder auf einen Arbeiter schießen? Würde das etwas bringen?«

»Vielleicht solltet ihr mich umbringen«, erwiderte der Mann, ohne ihn anzusehen.

In der Schule hatte ich alle Kinder aufgefordert, einen Brief zu schreiben, damit der Staudamm nicht gebaut würde. Am Ende des Tages sammelte ich die Texte ein und legte sie vor sein Büro. Ein Strauß von Geschichten, ein Bündel Treuherzigkeit gegen die Winkelzüge der Montecatini. Der Mann mit Hut riss die Tür auf, als hätte er schon dahinter gelauert. Mit seinen dicken Händen hob er die Briefe auf. Er bat mich herein und bot mir einen Kaffee an. Der große Tisch voller Ordner und Kladden stand zwischen uns. Mit ausdruckslosem Gesicht las er von jedem Brief ein paar Zeilen. Er stellte mir eine Tasse hin.

»Worte allein werden euch nicht retten«, sagte er und gab mir den Stoß Briefe zurück. »Weder diese noch die, die unter dem Namen deines Mannes in den deutschsprachigen Zeitungen erschienen sind.«

Zum ersten Mal sah ich seine Augen. Schwarz wie Tinte. Wer weiß, vor wem er den Hut abnahm. Ob er eine Frau hatte, bei der er seine zusammengekniffenen Augen aufmachte.

»Geht weg«, fuhr er mit wärmerer Stimme fort, »zieht mit eurem Vieh in ein anderes Dorf. Ihr seid noch nicht alt, ihr könnt euch ein neues Leben aufbauen.«

»Das wird mein Mann niemals hinnehmen.«

Auch die anderen Lehrer legten Stöße von Briefen auf die Schwelle. Pfarrer Alfred organisierte kollektive Gebete, Prozessionen und Mahnwachen. Ein paar Bauern zogen zusammen mit Leuten, die aus Norditalien gekommen waren, zur Baustelle und versuchten die Zäune zu kappen. Sofort erschienen die Carabinieri und verjagten sie. Einige Tage später gelang es denselben Bauern im ersten Morgengrauen, über die Absperrung zu klettern. Sie waren zu viert: Sie ließen sich auf der anderen Seite des Zauns herunterfallen und rannten Hals über Kopf auf die Arbeiter zu, die in der Grube zugange waren. Die Carabinieri schossen in die Luft, aber die vier rannten weiter und stürzten sich todesmutig auf die Arbeiter. Der Mann mit Hut befahl, nicht zu schießen. Es gab eine Prügelei, Staubwolken, Fußtritte und Faustschläge. Die Arbeiter waren in der Überzahl und machten die vier mühelos nieder. Sie nahmen ihnen die Waffen ab, setzten ihnen den Fuß aufs Gesicht, und die Bauern lagen bewegungsunfähig unter den Stiefeln. Erdverschmiert und rot vor Scham.

Von Glurns schickten sie noch mehr Carabinieri. Auf den Straßen herrschte eine Anspannung wie in Kriegszeiten. Sie bewachten alle Wege, und wenn man über den menschenleeren Platz ging, schien es, als müsste gleich eine Bombe platzen. Nur ein zwei Meter großer, schlaksiger junger Mann lief herum, in einen bräunlichen Mantel gehüllt, mit einer dicken Brille. Das Auto hatte er am Rathaus abgestellt, die Hände tief in den Manteltaschen vergraben, die Nase in der Luft. Er wanderte bis zu den Schleusen, nahm die Tunnels in Augenschein, auf denen die Arbeiter Ackererde verteilten. Anschließend würden sie mit den Walzen darüberfahren und dann Gras ansäen, um die Illusion zu wecken, dass das Tal wieder so idyllisch würde wie früher. Dass der Staudamm das Gleichgewicht der Gegend nicht zerstört hätte. Ab und zu blieb er stehen, hob eine Handvoll Erde auf und ließ sie durch die Finger rinnen. Am Nachmittag stellte er sich bei dem Komitee vor und sagte, er sei ein Schweizer Geologe. Er sei nach Graun gekommen, um etwas gegen die Geheimnistuerei zu tun, mit der die Kontrollen durchgeführt worden seien, und um öffentlich zu machen, dass auch Zürcher Unternehmer hinter dem Projekt steckten.

»Die haben der Montecatini das Geld gegeben«, ereiferte er sich. »Die Schweiz missbilligt es, wenn der Wille des Einzelnen mit Füßen getreten wird. Bei uns könnte man nie und nimmer solche Methoden anwenden. Und außerdem«, fuhr er mit veränderter Stimme fort, »besteht dieser Boden hier aus Dolomitgeröll, er hat gar nicht die nötige Festigkeit. Darauf können sie keinen Staudamm bauen. Ihr müsst unbedingt verlangen, dass das Projekt überprüft wird«, schloss er mit beschlagenen Brillengläsern. »Die deutschsprachige Presse steht auf eurer Seite. Bittet Österreich und die Schweiz um Hilfe, nicht die italienische Regierung.«

Die Männer des Komitees beäugten ihn zuerst misstrauisch, dann nahmen sie ihn mit zur Baustelle. Erich klopfte an die Baracke, doch als der Mann mit Hut den Geologen sah, machte er ein verkniffenes Gesicht und wollte ihn nicht empfangen. Der Geologe knurrte höhnisch und hob noch mehr Erde auf. Er sagte, er werde noch weitere Proben untersuchen und uns helfen, neue Artikel in den Zeitungen zu publizieren. Bald werde er Rom die Daten durchgeben, die den definitiven Beweis lieferten, dass der Staudamm nicht funktionsfähig sei.

»Der Damm wird brechen«, sagte er, bevor er ging, »oder es wird Überschwemmungen geben. Oder er wird von Anfang an nicht funktionieren.«

Pfarrer Alfred bat mich, ans österreichische Außenministerium zu schreiben. Das war mein letzter Brief. »Dieser Staudamm ist auch für Sie eine Gefahr. Denken Sie daran, dass dieses Tal jahrhundertelang Ihre Heimat war«, schrieb ich zum Schluss.

Aus Wien kam nie eine Antwort. Von dem Geologen mit dem schlaksigen Gang und den dicken Brillengläsern ward nach jenem Tag nie wieder etwas gehört.

10

Die Bürgermeister der umliegenden Dörfer antworteten, sie würden keinen Antrag auf Revision des Projekts unterschreiben und auch keinerlei Einspruch mit uns erheben. Ihnen war die Umleitung des Flusses ganz recht, weil dadurch Überschwemmungen in ihren Gebieten vermieden wurden.

Erich sagte zu mir: »Was nutzt es, dem Mann mit Hut eine Kugel in den Kopf zu jagen, wenn es selbst unseren Nachbarn nichts ausmacht, wenn wir ersäuft werden?« Dann händigte er mir endlich die Pistolen aus. Es waren die der deutschen Soldaten, die ich erschossen hatte. »Verwahre du sie, Trina, bevor ich eine Dummheit begehe.«

»Sag mir die Wahrheit, bereitet jemand ein Attentat vor?«

»Das weiß ich nicht.«

Ich bat ihn inständig: »Geh nicht mehr zur Baustelle. Arbeite wieder bei deinem Sohn in der Werkstatt, kümmere dich um die Kälber.« Er umarmte mich und legte mir den Finger auf den Mund.

Es war seine Art, mir zu sagen, dass er es nicht konnte.

»Warum klammere ich mich bloß immer verzweifelter an diesen Ort, je näher ich das Ende rücken fühle?«, fragte mich Erich an dem Nachmittag, an dem wir vom Staudamm aus beobachteten, wie Reschen geräumt wurde. Man hatte die Einwohner von einem Moment auf den anderen enteignet, wir sahen die Familien gruppenweise mit Säcken, Taschen und Koffern in der Hand aus ihren Häusern kommen. Wer seine Möbel mitnehmen wollte, musste den Umzug von Angestellten der Montecatini machen lassen und dafür wer weiß wie viel bezahlen.

So blieb also in den Häusern das ganze Hab und Gut ihrer Bewohner zurück. Die Männer trugen die Matratzen auf dem Rücken, die Frauen hielten die Kinder auf dem Arm und bemühten sich, geradeaus auf den Horizont zu schauen, der an diesem Tag hell und klar war. Rote Wolken schwebten am Himmel. Die Bewohner von Reschen gingen alle in einer Reihe, mit dem langsamen Schritt der Verurteilten, unter den ausdruckslosen Augen der aufmarschierten Carabinieri. Genauso bewegten sich diejenigen, die sich angesichts der Enteignung entschieden hatten, von hier fortzuziehen. Nach Mals, nach Glurns, nach Prad am Stilfserjoch. In eine Mietwohnung, oder, wenn sie Glück hatten, zu Geschwistern, Vettern, entfernten Verwandten. Pfarrer Alfred sah zusammen mit uns zu, wie sie das Dorf verließen.

»Jetzt ist es wirklich um uns geschehen«, sagte er immer wieder, während er sie nicht aus den Augen ließ.

Die Familien, die sich zum Bleiben entschlossen hatten, machten sich mit bleiernen Beinen auf den Weg zu den Ersatzhäuschen, die im Langtaufertal für sie errichtet worden waren. Schief, eng und schmal. Und alle gleich. Auch eine Kirche, die wie ein stillgelegtes Elektrizitätswerk aussah, hatten sie gebaut, die von der Montecatini. So, meinten sie, wäre für unsere Bedürfnisse gesorgt.

Eines Morgens entdeckte ein Bauer aus Graun, dass sein Stall einen halben Meter unter Wasser stand. Darauf schwammen die toten Hühner und das zerrupfte Heu. Er lief auf die Straße und fing an zu schreien. Alle, die noch in ihren Häusern und Geschäften waren, stürmten in ihre Ställe und Keller, und überall stand das Wasser. In kürzester Zeit versammelte sich eine wütende Menge auf dem Platz. Erich rannte zu Pfarrer Alfred. Auch in den Räumen unter der Kirche stand das Wasser kniehoch.

»Diese Schweine haben die Schleusen geschlossen, ohne uns Bescheid zu sagen!«, schimpfte Erich.

»Gehen wir nach Reschen«, befahl der Pfarrer. »Um diese Zeit sind die Ingenieure in ihren Büros.«

Sobald Pfarrer Alfred erschien, gingen wir geschlossen los. Wir waren mehr als zweihundert. Junge und Alte. Männer und Frauen. Wir marschierten nach Reschen. An dem Tag kam auch Michael mit. Er hatte bei uns vorbeigeschaut, es war einer seiner üblichen, raschen, nichtssagenden Besuche. Seit er in Glurns lebte und Erich nicht mehr in der Schreinerei arbeitete, sahen wir uns nur noch selten. Die beiden hatten nie mehr miteinander gesprochen.

Unterwegs stimmten manche Sprechchöre an, andere weinten, einige Frauen schrien laut. Wir erreichten Reschen am Nachmittag und sahen von weitem vor der als technisches Labor eingerichteten Hütte zwei Ingenieure der Montecatini, die zuerst erstarrten, dann, als sie erkannten, dass wir ein ganzes Heer waren, anfingen zu laufen und schließlich wie zwei Hühnerdiebe auf das Haus eines Carabiniere zurannten und nach ihm riefen. Die jungen Burschen aus den hinteren Reihen scherten aus der Gruppe aus, um ihnen nachzulaufen. Michael schloss sich ihnen an. Wir anderen brüllten: »Elendes Pack!« Die Jungen erwischten die Ingenieure und schubsten sie zur Menge hin, die sie sofort umzingelte. Pfarrer Alfred rief, dass ja niemand wagen solle, die Hand gegen sie zu erheben.

»Habt ihr die Schleusen am Staudamm geschlossen?«, fragte er in die explosive Stille hinein.

»Wir konnten euch nicht benachrichtigen«, stotterten die beiden verlegen.

Pfarrer Alfred setzte an, um noch weitere Fragen zu stellen, da kamen schon zwei Streifenwagen angerast. Wenige Schritte vor uns hielten sie mit quietschenden Reifen an. Die Pistole im Anschlag, stiegen mehrere Carabinieri aus und bahnten sich einen Weg durch die Menge. Sofort verkrochen sich die Ingenieure hinter ihnen und wurden im Auto in Sicherheit gebracht, was uns nicht daran hinderte, sie weiter zu beschimpfen. Anschließend gingen die Carabinieri entschlossen auf Pfarrer Alfred zu, packten ihn an den Handgelenken und stießen ihn wie einen Verbrecher in den zweiten Wagen, der mit einem Aufheulen davonbrauste. Schreie ertönten, Steine flogen. Umsonst versuchten die Jungen, die Autos aufzuhalten. Michael brüllte: »Dreckskerle! Faschisten!« Auch er hatte ein paar Steine aufgehoben.

Als die Autos am Ende der Straße verschwanden, blickten wir uns reglos und wie betäubt an. Erich und Michael drückten sich einen Augenblick lang die Hand, um sich gegenseitig daran zu hindern, etwas Unbedachtes zu tun.

Pfarrer Alfred sahen wir zwei Tage später wieder. Sie hatten ihn mit der Anklage der Volksaufhetzung ins Gefängnis gesteckt.

Die letzten Monate in Graun verbrachten wir wie Folteropfer, die mit der Tropfmethode getötet werden. Tropfen für Tropfen, stets auf dieselbe Stelle der Stirn, bis der Kopf platzt. Die dicke Frau aus den Bergen fiel mir wieder ein, wie sie mich ermuntert hatte: »Nur Mut, wir sind auch heute nicht gestorben!« Mehr konnte man nicht sagen. Und der Ingenieur fiel mir ein, der den Carabinieri den Befehl gegeben hatte, Erich zu schlagen. »Der Fortschritt ist mehr wert als eine Handvoll Häuser«, hatte er zu ihm gesagt. In der Tat, genau das waren wir, gemessen am Fortschritt. Eine Handvoll Häuser.

Nach Pfarrer Alfreds Verhaftung erfasste uns tiefe Resignation, es fühlte sich an wie eine Hand, die einem die Augen zuhält. Es heißt, so gehe es auch Kranken im Endstadium, zum Tod Verurteilten, Selbstmördern. Vor dem Sterben beruhigen sie sich, ein Frieden erfasst sie, von dem man nicht weiß, woher er kommt, der sie aber erfüllt. Es ist ein klares Gefühl, das keine Worte braucht. Ich weiß nicht, ob diese Resignation etwas ist, worauf die Menschen stolz sein können, etwas Heldenhaftes, Ewiges, nach dem man streben kann, oder ob sie nur beweist, wie feig der Mensch ist, da er den Widerstand schon vor dem Ende aufgibt. Aber etwas anderes weiß ich genau, etwas, das mit dieser Geschichte nichts zu tun hat: Wärst du zurückgekehrt, hätte uns nicht einmal mehr der Gedanke an das Wasser, das uns überflutet, erschreckt. Mit dir hätten wir die Kraft gefunden, woandershin zu gehen. Neu anzufangen.

Im August kamen sie, um Kreuze auf die Häuser zu malen. Rote Lackkreuze auf alle Gebäude, die gesprengt werden sollten. Vom alten Dorf blieb nur die kleine St.-Anna-Kirche verschont, bei der dann Neu-Graun entstand. Im Morgengrauen markierten sie unser Haus. Ein paar Minuten später das von Mutter, dann das von Anita und Lorenz, das die Faschisten nach 1939 italienischen Zuwanderern zugewiesen hatten. Als Letzte verließ eine alte Frau das Dorf, die genauso hieß wie ich. Sie schrie aus dem Fenster, dass sie erst auf dem Tisch und dann auf dem Dach stehend leben würde. Sie musste mit Gewalt hinausgetragen werden.

Am Sonntag gingen wir in die Kirche und setzten uns zur letzten Messe auf die Bänke. Dutzende von Priestern aus ganz Südtirol kamen zusammen mit dem Bischof von Brixen, um sie zu feiern. Von diesem Gottesdienst habe ich kein Wort mitbekommen. Ich war zu beschäftigt, das Unvereinbare zu vereinbaren: Gott und die Verantwortungslosigkeit, Gott und die Gleichgültigkeit, Gott und das Elend der Menschen von Graun, die, wie der Mann mit Hut sagte, genauso waren wie alle anderen Leute auf der Welt. Nicht einmal das Kreuz Christi half mir bei meinen Gedanken, denn ich glaube weiterhin, dass es sich nicht lohnt, am Kreuz zu sterben, sondern besser ist, sich wie eine Schildkröte zu verhalten und den Kopf einzuziehen, um nicht die Greuel zu sehen, die draußen geschehen.

Nach der Messe nahm Erich mich an der Hand und ging mit mir auf den Dämmen spazieren. In der warmen Sonne wurden die Schatten immer länger, und man bekam Lust, über die Felder zu wandern. Es schien, als gingen wir auf unserem Spaziergang nur am See entlang, doch durfte ich nicht vergessen, niemals vergessen, dass es sich um einen Damm handelte und dass hier vorher die Wiese war, wo ich mich mit Maja und Barbara ins Gras legte und mit Michael Fußball spielte und wo du auf und davon liefst, ohne auf Vaters Ermahnungen zu hören.

In der Ferne hörten wir die Glocken, und wer weiß, vielleicht klingen sie anders, wenn sie zum letzten Mal läuten, denn an diesem Morgen war mir, als spielten sie eine Melodie, in der ich mein Leben in Graun wiedererkannte: ein hartes, aber letztlich doch erträgliches Leben, weil ich auch die wüstesten Schmerzen wie dein Verschwinden zusammen mit deinem Vater erlebt habe und mich nie so mutlos gefühlt habe, dass ich mein Leben vor die Hunde gehenlassen wollte. Hätte man uns an diesem Tag gefragt, was unser größter Wunsch sei, hätten wir geantwortet, das sei, weiter in Graun zu leben, an diesem Ort ohne Hoffnung, von wo die jungen Leute fortgelaufen und wohin viele Soldaten nicht mehr zurückgekehrt waren. Ohne Interesse an der Zukunft und ohne irgendeine Gewissheit. Nur bleiben.

11

Als sie den Sprengstoff in den Häusern deponierten, waren wir schon in die Baracken gepfercht. Sprengungen klingen nicht wie Bombenexplosionen. Sie machen ein dumpfes Geräusch, das schnell vom Einstürzen der Mauern übertönt wird, vom Bersten der Fundamente, vom Zerbröckeln des Daches. Bis nur noch Staubsäulen übrig sind.

Von unserem Loch aus verfolgten wir die Exekution. Erich mit angehaltenem Atem. Ich mit verschränkten Armen. Bei der Zerstörung der ersten Häuser schmiegte ich mich eng an ihn, bei den folgenden zuckte ich nicht mehr mit der Wimper. Zuletzt war nur noch der Glockenturm übrig, der auf Anordnung der Denkmalschutzbehörde in Rom verschont bleiben sollte. Das Wasser brauchte fast ein Jahr, bis es alles überflutet hatte. Es stieg langsam, unaufhörlich, bis zur Hälfte des Turms, der seitdem wie der Oberkörper eines Schiffbrüchigen aus dem sich kräuselnden Wasser herausragt. In jener Nacht sagte Erich vor dem Schlafengehen zu mir, dass wir die Summe, die uns für das Bauernhaus und das Feld zustand, auf der Bank in Bozen abholen müssten, dass aber die Kosten für die Reise in die Stadt höher seien als das, was wir bekommen würden.

Viele zogen weg. Etwa hundert Familien hatten hier gelebt, jetzt waren es noch dreißig. Auch Michaels Schreinerei ist dem Wasser zum Opfer gefallen.

Für uns Dableiber hatte die Montecatini außer den Baracken noch einen Gemeinschaftsstall errichtet, in dem die Tiere sich dauernd traten. Da die Felder überschwemmt waren, beschloss Erich, seine Kühe und Kälber ins Schlachthaus zu bringen. Ich begleitete ihn nach St. Valentin hinunter, und neben uns verlief der Damm des Stausees. Fleck hinkte hechelnd und winselnd hinter uns her. Er war alt und ging wie ein Krüppel. Dauernd jaulte er auf, wollte gekrault werden und sah uns mit seinen winterlichen Augen an. Die Kälber gingen aneinandergebunden in der Reihe und starrten unruhig auf das Wasser. Hinter ihnen kamen mit ihrem schweren Schritt und den schaukelnden Hüften die drei Kühe. Und zuletzt die Schafe.

»Nimm ihn auch noch«, sagte Erich zum Schlachter und deutete auf Fleck.

Der Metzger sah ihn stumm an. Erich steckte

ihm zwei Geldscheine zu. »Bitte, nimm ihn«, wiederholte er.

Ich zog ihn am Arm, bat ihn, es nicht zu tun, doch er sagte streng, es sei besser so.

Ohne alles kehrten wir zurück. Am milchweißen Himmel jagten sich düstere Wolken. Solche, die Sommergewitter mitbringen. Ich weiß nicht, wie, doch gewöhnten wir uns bald daran, auf vierunddreißig Quadratmetern zu leben. So viel Raum war jeder Familie zugeteilt worden, egal, aus wie vielen Personen sie bestand. Ich fand es nicht schlimm, so wenig Platz zu haben. Über den anderen zu stolpern, sich beim Streiten notgedrungen ins Gesicht sehen zu müssen, sich aus demselben Fenster zu beugen, das war es, was ich wollte. Und es war auch alles, was uns blieb.

Im folgenden Jahr kauften wir einen Fernseher. Samstags luden wir die Nachbarn ein, um nicht immer allein davorzusitzen. Wenn Erich wegging, ließ ich ganz leise das Radio laufen, so dass es wie ein Wimmern klang. Dieses Hintergrundgeräusch lenkte mich ein wenig von den gewohnten Gedanken ab, die ich nicht mehr benennen konnte.

Ich unterrichtete weiterhin in der Schule, brachte den Kindern das Schreiben bei, las Geschichten vor, knöpfte Schulkittel zu. Ab und zu bezauberte mich eine kleine Schülerin, ich betrachtete ihre Augen, beobachtete, wie sie lächelte, und fragte mich, was wohl mit dir ist. Doch mittlerweile geschah es nur noch selten. Dein Bild verblasste, ich erinnerte mich nicht mehr genau an den Klang deiner Stimme. Du warst wie ein Schmetterling, dein Flug langsam und wackelig, und doch schwer einzufangen.

Wenn es draußen regnete, saß Erich da und starrte an die Wand, die Ellbogen auf die Knie gestützt, das Gesicht zwischen den Händen. Ich wiederholte immer wieder, er müsse nur Geduld haben, bald würden sie uns ein echtes Haus bauen, und denen, die wie wir ihre Arbeit verloren hatten, würden sie eine Entschädigung zahlen, um über die Runden zu kommen. Das behaupteten sie jedenfalls auf dem Rathaus, beim Landkreis und im Büro der Region. Doch dann dauerte es noch sehr lange, bis ich hier einziehen konnte, in diese Zweizimmerwohnung, die sie mir von Amts wegen zugewiesen haben. Entschädigungen haben wir nie bekommen. Erich hat diese Wohnung nicht mehr gesehen, denn er ist drei Jahre später gestorben, im Herbst 1953. Im Schlaf ist er gestorben, wie Vater. Der Arzt sagte, er sei herzkrank gewesen, doch ich weiß, dass es die Erschöpfung war, die ihn überwältigt hat. Man kann aus Erschöpfung sterben. Wenn die anderen und auch wir selbst uns mit unseren Ideen nur noch ermüden. Er hatte kein Vieh mehr, sein Feld war überflutet worden, er war kein Bauer mehr, wohnte nicht mehr in seinem Dorf. Er war nichts mehr von dem, was er sein wollte, und wenn du nichts mehr wiedererkennst, wirst du rasch lebensmüde. Dann genügt dir auch Gott nicht.

Die Worte, die mir am häufigsten wieder in den Sinn kommen, sagte er mir an einem Frühlingsmorgen, als wir von einem Spaziergang zurückkehrten. Plötzlich war das Wasser gesunken, und für ein paar Stunden tauchten die alten Mauern wieder auf, die mit Gras und Sand bedeckten Wiesen. Erich nahm mich an der Hand und führte mich ans Fenster.

»Heute kommt es mir so vor, als sei nirgends mehr Wasser. Ich sehe wieder das Dorf, die Tränke, an der die Kühe anstanden, um ihren Durst zu löschen, die Gerstenfelder, die Kornfelder, wie sie von Florian, Ludwig und den anderen gemäht werden.«

Ganz arglos sagte er das, und einen Augenblick lang war mir, als sei er noch derselbe wie damals, als ich ihn bei Vater daheim hinter den Türrahmen beobachtete und er blonde Haare hatte, die ihm frech über die Augen fielen.

Nach seinem Tod zog ich das Heft aus seiner Jackentasche, das er mir in jener Nacht gezeigt hatte. Seit wir den Nachttisch, in dem wir die Socken verwahrten, nicht mehr hatten, trug er es immer bei sich. Es enthielt einige neue Zeichnungen. Ein kleines Mädchen auf der Schaukel, eines, das in seinen Armen schläft, eines, das mit wehenden Haaren Fahrrad fährt. Manchmal bezweifle ich, dass du dieses kleine Mädchen bist, und sage mir, bestimmt ist es Michaels Tochter, mit der Erich ab und zu gerne spazieren ging. Es gefiel ihm, Großvater genannt zu werden und mit ihr am See Steine ins Wasser zu werfen. Ich weiß nicht, ob er an dich dachte, wenn er mit ihr zusammen war, da er, wie er sich ausdrückte, mittlerweile an dich dachte, ohne an dich zu denken.

Abgesehen von diesem Heft, einem Häufchen Fotos und einer alten Streichholzschachtel besitze ich nichts mehr von ihm. Nicht einmal seine Mütze mit dem hochgeklappten Schild, die er als Junge immer trug. Seine Kleider habe ich einem Lieferwagen mitgegeben, der ab und zu hier vorbeikommt, um Kleidung und Schuhe für die Armen auf der anderen Seite der Welt zu sammeln. Die einzige Möglichkeit weiterzuleben ist vielleicht, sich zu verändern und nicht zu erstarren. An manchen Tagen bereue ich es, doch geht es mir schon mein ganzes Leben so: Plötzlich muss ich mich von Dingen befreien, sie verbrennen, sie zerreißen, sie von mir wegschieben. Ich glaube, das ist mein Mittel, um nicht wahnsinnig zu werden.

Sein Grab ist hier hinten, über dem alten Dorf. Auf einem kleinen Friedhof mit Blick auf den Stausee. Wenige Tage bevor sie den Sprengstoff in die Häuser brachten, kam ein Bauleiter zu Pfarrer Alfred und sagte, der Friedhof werde mit einer Asphaltschicht bedeckt. Daraufhin packte Pfarrer Alfred ihn am Kragen, zwang ihn, am Altar niederzuknien und seine Worte vor dem Kruzifix zu wiederholen. Dann warf er ihn aus der Kirche hinaus und lief zu Erich. Zum letzten Mal machte Erich die Runde von einem Bauernhaus zum anderen. Zum letzten Mal empörten sich die Leute, auch die, die ihm sonst die Tür vor der Nase zugeschlagen hatten, sie versammelten sich vor der Kirche und schrien, unsere Toten dürften nicht erst mit Teer und dann mit Wasser überschwemmt werden.

Bis spät in die Nacht blieben wir auf dem Platz, bis der Mann mit Hut aus dem Auto der Carabinieri stieg. Mit seiner eiskalten Stimme versprach er, er werde eine Lösung finden. In Schutzanzügen, mit Masken vor dem Gesicht und Desinfektionspumpen über der Schulter erschien am nächsten Tag ein Grüppchen vom Gemeindeamt geschickter Arbeiter, grub die Leichen aus und transportierte sie hier herauf nach Neu-Graun. Um Platz zu sparen, wurden die Gebeine in kleinen Ossarien und Kindersärgen untergebracht. Als viele Jahre später

Pfarrer Alfred starb, begruben sie ihn neben Erich. Auf seinem Grabstein steht: *Gott schenke ihm die Freuden des Himmels*. Auf den Grabstein deines Vaters habe ich nichts schreiben lassen.

Im Sommer gehe ich oft hinunter und spaziere ein bisschen am Stausee entlang. Die Anlage liefert sehr wenig Energie. Es ist viel günstiger, den Strom bei den französischen Atomkraftwerken zu kaufen. Im Laufe weniger Jahre ist der aus dem Wasser ragende Kirchturm zu einer Touristenattraktion geworden. Die Sommerfrischler staunen zuerst und wandern dann bald unbekümmert weiter. Sie machen Fotos mit dem Turm im Hintergrund und setzen alle das gleiche blöde Lächeln auf. Als wären unter dem Wasser nicht die Wurzeln der alte Lärchen, die Fundamente unserer Häuser, der Platz, auf dem wir uns versammelten. Als hätte es die Geschichte nicht gegeben.

Alles erweckt einen merkwürdigen Anschein von Normalität. Auf den Fensterbrettern und Balkonen wachsen wieder Geranien, an den Fenstern haben wir Baumwollgardinen aufgehängt. Die Häuser, in denen wir heute wohnen, sehen genauso aus wie in jedem beliebigen andern Alpendorf. Wenn die Ferienzeit zu Ende ist, herrscht auf den Straßen eine ungreifbare Stille, die vielleicht nichts mehr verbirgt. Auch die Wunden, die nicht heilen, hören früher oder später zu bluten auf. Die Wut, sogar die über die erlittene Gewalt, ist wie alles dazu bestimmt, nachzulassen, sich etwas Größerem zu fügen, dessen Namen ich nicht kenne. Man müsste die Berge befragen können, um zu erfahren, was hier geschehen ist.

Die Geschichte von der Zerstörung des Dorfes ist unter einem hölzernen Schutzdach zusammengefasst, auf dem Parkplatz für die Reisebusse. Dort sind die Fotografien des alten Graun ausgestellt, die Höfe, die Bauern mit dem Vieh, Pfarrer Alfred, der die letzte Prozession anführt. Auf einem sieht man auch Erich mit den anderen Mitgliedern des Komitees. Alte Schwarzweißfotos in einem verglasten Schaukasten, mit ein paar Bildunterschriften auf Deutsch, die in schlampiges Italienisch übersetzt sind. Es gibt auch ein kleines Museum, das ab und zu für die wenigen neugierigen Touristen öffnet. Weiter bleibt nichts von dem, was wir waren.

Ich sehe die Kanus, die das Wasser durchqueren, die Boote, die den Kirchturm streifen, die Badegäste, die sich in die Sonne legen. Ich betrachte sie und versuche zu begreifen. Niemand kann verstehen, was sich unter den Dingen verbirgt. Niemand hat Zeit, stehen zu bleiben und um das zu trauern, was gewesen ist, als wir nicht da waren. Vorwärts gehen, wie Mutter zu sagen pflegte, das ist die einzige Richtung, die erlaubt ist. Sonst hätte Gott uns die Augen seitlich gemacht. Wie den Fischen.

Anmerkung des Autors

An einem Sommertag 2014 war ich zum ersten Mal in Graun im Vinschgau. Auf dem Parkplatz luden die Busse Besucher aus, daneben tummelten sich Scharen von Motorradfahrern. Es gibt einen Steg, auf dem man sich mit dem Kirchturm im Hintergrund ablichten lassen oder ein Selfie machen kann. Die Schlange dafür ist immer ziemlich lang. Die anstehenden, mit Smartphone bewaffneten Leute waren das Einzige, was mich kurz ablenken konnte von dem Schauspiel des überfluteten Turms und dem Wasser, das die alten Dörfer Reschen und Graun verbirgt. Für mich ist dieser Ort der Inbegriff dafür, wie brutal die Geschichte sein kann.

Seit jenem Sommer bin ich mehrmals nach Graun zurückgekehrt, und wenn ich woanders war, hat mich das Bild jenes Bergdorfs an der Grenze zur Schweiz und zu Österreich in Gedanken ununterbrochen begleitet. Ein paar Jahre lang habe ich alles studiert, was darüber zu finden war, jeden Text und jedes Dokument. Ich habe mir von Ingenieuren,

Historikern, Soziologen, Lehrern und Bibliothekaren helfen lassen. Und vor allem habe ich den mittlerweile betagten Augenzeugen jener brutalen Jahre zugehört. Gern hätte ich auch jemanden von Edison – ehemals Montecatini, der großen Firma, die den Bau des Staudamms durchgeführt hat – interviewt, doch niemand hat es je für nötig befunden, mir einen Termin zu gewähren oder meine Mails und Anrufe zu beantworten. Schade, es wäre sehr interessant gewesen, ihre Archive zu konsultieren und ein paar Fragen zu stellen. (Zum Beispiel: Wie und warum sind 26 Bauarbeiter bei der Arbeit umgekommen? Wie genau sind die sozialen, wirtschaftlichen und psychologischen Folgen für die Enteigneten erwogen worden? Anerkennt die Firma ihre ethische und moralische Verantwortung dafür, dass die Mitteilungen an die Bevölkerung alle in einer Sprache erfolgt sind, die die Bewohner nicht verstanden? Ist es wahr, wie die Tageszeitung *Dolomiten* vom 7. September 1950 schreibt, dass die Montecatini zehn Tage nach der Flutung von Reschen und Graun eine Segelregatta auf dem See veranstaltet hat?)

Oft habe ich in der Geschichte von Graun die Geschichte der Region Alto Adige–Südtirol gespiegelt gesehen, wenn auch dieses Dorf wie alle kleinen Grenzorte sicher besonderen Dynamiken ausgesetzt war. Es gibt über diese Region – der einzigen in Europa, in der Faschismus und Nationalsozialismus bruchlos aufeinanderfolgten – zwar einige, auch erzählerische Texte, doch es handelt sich hier meiner Ansicht nach nicht nur um ein schmerzliches und umstrittenes Kapitel der Geschichte Italiens, sondern um eine Geschichte, die noch viel ausführlicher betrachtet werden muss.

Was den Staudamm betrifft, habe ich die wichtigsten Phasen verknüpft, die aus der Bibliographie und den Zeugenberichten hervorgehen, und in meinem Roman nur die wesentlichsten Ereignisse geschildert. Die Veränderung der Toponomastik der Orte, die Einteilung des Geschehens und die erfundenen Einschübe sind stets erzählerischen Notwendigkeiten geschuldet. Im Übrigen können Romane nicht auf Verfälschungen und Abwandlungen verzichten. Daher erkläre ich, wie es üblich ist, dass die Figuren erfunden sind und jeder Bezug zu realen Personen und Dingen rein zufällig ist. Gewollt sind die Anspielungen auf historische Persönlichkeiten (einschließlich Pfarrer Alfred, der dem Seelsorger Alfred Rieper, ungefähr 50 Jahre lang Pfarrer von Graun, nachempfunden ist) sowie auf die verbürgten Tatsachen, die mir durch meine freie Nacherzählung in ihrer Substanz nicht beeinträchtigt zu sein scheinen.

Wie wahrscheinlich vielen Schriftstellern ging es mir weder um die Chronik der Südtiroler Geschichte noch um die Ereignisse in einem jener Dörfer, die von den politisch-ökonomischen Interessen überrollt wurden, ohne dass die Bevölkerung etwas dagegen ausrichten konnte (zudem müssten diese aus einer sehr viel umfassenderen und objektiveren Perspektive analysiert werden, als dies in einem Roman möglich ist). Oder, besser gesagt, es ging mir schon um die Fakten, aber sie waren für mich der Ausgangspunkt, nicht das Ziel. Hätte ich nicht sofort den Eindruck gehabt, dass die Geschichte dieser Gegend und des Staudamms sich dafür eignete, hier eine private und persönliche Geschichte anzusiedeln, in der sich die historischen Abläufe spiegeln und die die Möglichkeit bot, ganz allgemein über Verantwortungslosigkeit, über Grenzen, über Machtmissbrauch und die Bedeutung des Wortes zu sprechen, dann hätte ich trotz der Faszination, die dieser Ort auf mich ausübt, nicht genug Interesse aufgebracht, um diese Ereignisse zu studieren und einen Roman darüber zu schreiben. Auch ich wäre stehen geblieben und hätte mit offenem Mund den Kirchturm bestaunt, der auf dem Wasser zu schwimmen scheint, ich hätte mich über den Steg gebeugt und versucht, die Reste jener Welt unter dem Wasserspiegel zu erkennen, und wäre dann, wie alle anderen, weitergegangen.

M. B.

Danksagung

Ich beschränke mich auf die unabdingbaren Danksagungen, denn bei diesem Buch wäre die Liste sonst länger denn je. Ich danke vor allem Alexandra Stecher für ihren äußerst wertvollen Text *Eingegrenzt und ausgegrenzt: Heimatverlust und Erinnerungskultur* und für ihre Hilfsbereitschaft; Elisa Vinco für ihre Hilfe beim Übersetzen aus dem Deutschen; dem Abgeordneten Albrecht Plangger, der eine Reise nach Reschen und Graun für mich organisiert hat, bei der ich Experten und Augenzeugen treffen konnte; Carlo Romeo für die historische Beratung und die wertvollen bibliographischen Hinweise; Prof. Letizia Flaim für ihr Buch *Scuole clandestine in Bassa Atesina: 1923–1939* (Koautorin: Milena Cossetto), das eine umfangreiche Bibliographie über Katakombenschulen aufweist. Ein besonderer Dank gebührt auch Florian Eller, und mehr als allen anderen verdanke ich dem Lehrer Ludwig Schöpf, der eine nie versiegende Informationsquelle ist hinsichtlich der Geschichte dieser Region sowie ein hervorragender Dolmetscher, der es mir ermöglichte, mit den Zeitzeugen und ihrer Sprache in Kontakt zu treten. Danke an meinen Agenten Piergiorgio Nicolazzini für seine Diskretion und die Aufmerksamkeit, mit der er das Projekt begleitet und unterstützt hat. Dank auch an die Freunde, die den Roman vor dem Erscheinen gelesen und nicht mit Kritik und Bemerkungen gespart haben. Insbesondere Irene Barichello, Alberto Cipelli, Francesco Pasquale und Stefano Raimondi, die die Niederschrift des Romans Schritt für Schritt verfolgt haben.

Und Dank wie immer an Anna, die es versteht, Worte aus mir herauszuholen, die ich sonst nicht finden könnte.